自轉星球

在自己的小宇宙裡

用眼睛

看見世界真實的樣子

獻給林素鶯女士

目次

小說中「他」與「她」的使用是有意識的選擇。在表口語處（如對話引號內）一律用「他」，因為台灣華語「他」、「她」兩字同音，對話中的小說角色與小說讀者應無法從聲音分辨兩字。非表口語狀況時則會區別兩字。

——— 李佳穎

不吠

遊樂園

「一杯珍珠奶茶。」

「老闆娘！老闆娘……」

阿嬸回過神來。

「我要一杯珍珠奶茶。」

「喔，好好。」

阿嬸低頭挖著桶子角落的珍珠，熟練地搖著小小的鋼杯，她感到天氣熱了。小女孩接過珍珠奶茶，迫不及待吸一大口之後，哇哇地叫出聲：「媽，這好難喝喔——」旁邊的母親對她抿了一下嘴。沒多久，她蹦跳跳地跟在媽媽身後進入遊樂園，手上還握著那只小小白色的塑膠杯。

阿嬸突然記起，她好像忘了在奶茶裡加糖。

時間已經是下午，她又望向遊樂園門口，高及腰的鐵條隔出兩道只容一人通過的柵門，左出右進，旁邊坐了負責撕票的陳小姐，每天都會打扮得美美的。阿嬸總覺得那柵門很像城裡客運總站的候車口，雖然她只坐過幾次客運，而最近的一次是去年去看兒子的時候。

阿嬸在這裡推車子做小生意，打從這遊樂園開幕以來，算算也好幾年了。當初傳來大型遊樂園選擇在這二級鄉鎮邊陲地帶落腳的消息時，鄉裡的人還有點誇張。誇張地興奮、誇張地好奇、誇張地害怕。不確定遊樂園有什麼好的，也不知道會不會有什麼不好的。後來聽說別的遊樂園都有遊覽車將遊客像運豬仔一樣地運進來，大家就開始盤算起做小本生意的事了。阿嬸住在離遊樂園走路二十分鐘的地方，她想反正閒也是閒著，不如來賺些外快。雖然家裡不缺錢，但錢也不嫌多。起初她只是向附近的雜貨店批一些飲料賣賣，這兩年城市人流行喝珍珠奶茶，她也就有樣學樣搭了個小攤，在大熱天裡搖得額角冒汗。

今天阿嬸有點怪。其實說來好笑，要是她意識到自己為何失了魂的話，那可一定會羞死她的。因為說穿了，是為了三個少年。

一早她弄好攤子沒多久，便來了三個年輕人。阿嬸大老遠就看到他們，三個人一路推過來擠過去，笑成一團，大力地扯著喉嚨，言談中不時爆出破音的「幹」[1]字。阿嬸有點驚訝，因為近來遊樂園好像退流行了，很少看到少年人來這裡玩，要有，也是男男女女一群人，沒看過三個大男生單獨來的。看他們穿著寬鬆的及膝短褲，戴著墨鏡，一副都市小孩的打扮。

「可能是天氣熱了，結伴進去玩玩水。」阿嬸心想。

他們走到阿嬸面前，摘下墨鏡。

「阿姨，我要喝——」他們看著貼在小車上的價目表，其中一個胡亂翻著冰桶中的易開罐飲料。

「喂！你看！有吉利果耶——」他像是翻到什麼寶藏一樣。另外兩個也湊過頭去，三個人開始你一句我一句地說個不停：

「哇！真的耶吉利果！好懷念喔——」

「對啊，這不是已經沒有在賣了嗎？」

「我小時候我媽都買這個給我喝說——」

「我決定了，一定要買，不買不回家啦！」

「幹！你白痴喔！說不定過期十五年了！」

「幹！不要打我頭啦！你自己不會看喔！保存期限到今年底咧——」

「是喔！那我也要買！哈！」

「一人一罐啦！」

三個人嘻嘻哈哈地付了她錢，又在窗口買了入場門票。待要走進右邊那個鐵柵門之前，他們突然像忘了什麼一樣地跑回來。

「阿姨！如果我們要回家的時候你還有吉利果沒賣出去的，那我們一定都把它買下來！」說完又嘻嘻哈哈地跑開了。

看他們消失在鐵柵門之內，阿嬸呆了半晌，終於像平常一樣開始擦起鋼杯，打開塑膠袋包，將吸管排好。

她沒有發現自己哼著歌。

如前面所說，今天是個晴朗的好天氣。生意一如往常清淡，並沒有因為什麼而特別。高出圍牆許多的摩天輪偶爾收集了足以糊口的遊客，便開始啦啦啦唱著轉起圈來。偶爾擴音器中會有廣播小姐冷而悅耳的聲音。再偶爾，出現一個嫌她奶茶難喝的小女孩。阿嬸心中一直惦記著那三個少年仔，她心不在焉地以為自己是盼望他們來買她剩下的飲料。阿嬸並不知道自己很輕易地就被一聲「阿姨」收買了。她也不知道，就算沒有吵吵嚷嚷的吉利果；就算傍晚吉利果都賣光了；甚至就算她一輩子都沒有賣過吉利果，她還是會暗自期待再看到這三個討人喜歡的少年仔。因為聚合青春所帶來的活力，是從白色棉質的衣角汩汩地流出，溯著手臂上若隱若現的青筋，在跳豆般的喉結上下，潤濕了唇上的小髭，匯成一幅預先勾走她一天神魂的殘像。尤其是，在那樣一個陽光充沛的早晨。

她開始注意著左邊標示「出口」的柵門。

就這樣，一直到現在，除了去一趟廁所之外，阿嬸沒有離開過她的小攤。連中午吃的便當，都是叫隔壁賣熱狗的素美幫她買的。阿嬸以為天氣實在是太熱，叫人動一下都懶，如果可以的話，她想要素美連廁所都幫她上。

下午兩點半，阿嬸打了一個盹，還作夢。她夢見二哥。夢裡二哥剃了小平頭，她盯著靈堂遺照裡二哥那顆圓圓的，乾淨而美好的頭，心中懊悔地想：如果當初極力阻止二哥去海邊就好了。接著她拈香，跪拜，然後夢就這樣平順地結束了。醒來時阿嬸慌忙察看手上的錶，她以為自己睡了很久，其實只有十分鐘。她回想這個夢，覺得一切都是那麼樣合情合理，並沒有什麼不對。唯一奇怪的是，阿嬸在娘家排行老大，她從來沒有哥哥。

下午五點二十分，離遊樂園關門的時間只剩下十分鐘。她看著遊樂園的鐵柵門斷斷續續吐出幾個疲憊的遊客，雖然是傍晚，阿嬸卻感覺空氣愈來愈燥熱。等她看到那小女孩牽著媽媽的手，一跳一跳地走出來時，阿嬸再也按捺不住自己。她走近柵門，探頭探腦向裡瞧，彷彿這樣就有希望盼出什麼似的。

「阿嬸！你想欲入去看覓是無（進去看一看是不是）？」收票的陳小姐走過來笑著說。

「無啦！」阿嬸頗不好意思。

「阿嬸，你做你（儘管）入去無要緊（沒關係）啦，算你免錢啦，毋通共阮（跟我們）頭家講吶。」陳小姐有趣地看著她。

「著（對）啦著啦，我替你顧擔啦，你欲去做你去無要緊。」一旁的素美也起鬨。

阿嬸咧開嘴，不知所措笑著，羞赧地搓揉雙手。看到阿嬸全身上不自然地彷彿扭攪成一團，陳小姐對自己本來半開玩笑的提議也無以名狀地認真起來，否則似乎就要有一絲幽幽的罪惡感萌生，壓得人喘不過氣，也顧不得自作主張。

「無要緊啦，」陳小姐頓了一下，親切地說：「愛會記得毋通（不可以）超過半點鐘（小時），這馬（現在）收尾的人攏佇（都在）內底，六點的時陣（時候）大門才會關起來，啊愛會記得出來喔。」

「去啦，一張票足（非常）貴的。」素美不明白兩人的遲疑，直朗朗喊著。

阿嬸進去了。

阿嬸在門外擺了那麼久的攤子，從來沒有踏進遊樂園一步。從她的攤子看出去，有一些頭角崢嶸的大型遊樂設施突出在圍牆之上，當那些機器轉動的時候，會有模糊的尖叫聲從遠處傳來。黃昏讓遊樂園像是鍍了一層金，色彩鮮豔的遊樂器材在她眼裡煞是美麗。她看到軌道上靜靜堆了一排小小的台車，紅的、黃的、青的、各種顏色都有。她目光從台車出發，跟著軌道走，想看看這車會開往哪裡。上上下下彎彎曲曲繞得脖子痠，結果最後又回到原來那排七彩的小小台車。阿嬸繼續走著。

她在一根直挺挺的大鐵柱前停了下來。鐵柱頂伸出一環骨架，吊著許多鞦韆，這她在外頭也看得到。機器啟動時會甩著那些鞦韆，像打開一把大花傘，遠遠地望去，人就像凝在傘緣，透明的水珠。她瞇著眼仰望這鐵柱的頂端，夕陽照得她張不開眼睛。只見到傘收了，鐵鍊拉著鞦韆乾癟地貼在柱旁。她急急忙忙張望著有人的地方。

偶爾會有零零落落的遊客和她反方向而行，視線內的人都在移動，阿嬸不知道哪裡才算是真正有人的地方。她一面在稀疏的賦歸遊客中尋找年輕的身影，一面走下石階。石階旁有一塊橢圓形的棚架，棚底四周的地上用廢棄輪胎圍了一圈。圈圈內有許多小車子，車尾端拉了一根長長的鐵絲直到棚頂。當車子開動時拖著鐵絲，便在棚頂的鋼架上滋滋地擦出細碎的火花。場子裡還剩兩三個小朋友，開車的那股狠勁，故意將車子撞得碰碰碰響。突然，「叭」地一聲，所有的小車無論是撞成一堆的，或是自得其樂的，全部停了下來。小朋友意猶未盡地下車，牽著大人的手走上石階，留下那堆小車兀自以最後一個表情隨機排列，彷彿是誰不小心按到了錄影機的暫停鍵。阿嬸看到旁邊的小房間裡出來兩個穿制服的小姐，很快整個場地上便空無一人。沒有任何少年。

阿嬸這才發現她好像不太記得那三個年輕人長得什麼樣子了。但是她很確定的是，只要他們出現，她一定會知道。好像認得他們和形容他們長相是完完全全的兩回事。

三三兩兩的清潔人員撿著垃圾，拉起半人高的大塑膠袋翻遍每一個垃圾桶周圍。阿嬸看到一個圓形亭子底下有一圈高高低低、大大小小的馬圍著亭中心一根柱子緩慢地移動。馬是假的，硬邦邦了無生氣。帆布的帳篷擋住陽光，她走近時才發現馬身上的油漆斑駁，顏色都脫落了。一旁的欄杆上頭，站著一個捏扁的白色塑膠杯。她走向不遠處的一個小攤子。

攤子櫃檯後一個小弟正擦著玻璃窗，阿嬸看到他們也賣熱狗。一枝熱狗比素美賣的還貴十塊錢，看那空蕩蕩的炸鍋邊緣，不用說生意一定比素美好。紅茶機裡只剩一點點紅茶，一杯二十，也比阿嬸自己賣的貴。她想人一進到遊樂園裡面一待就是一整天，餓了渴了也只好買他們貴得要死的熱狗和紅茶，不然出大門就得再買一次門票，那多划不來。透明的飲料櫃裡擺了林林總總的易開罐，阿嬸來回看了兩三次，沒看到吉利果。

「借問一下，欲泅水佇佗位泅（游泳在哪裡）？」

「阿桑，我們關門了喔。」那小弟說。

「我知我知，門口的小姐予（讓）我入來（進來）的啦，我想欲揣（找）人。」阿嬸咧著嘴笑。

「喔，游泳池在後面，在那個摩天輪旁邊。啊烤肉區也有小溪可以玩水。」

她看到摩天輪，那似乎是遊樂園裡唯一還在運轉的東西，工作人員輪流打開一個一個接近地面的小圓箱子，她瞪著，盼望從那一個箱子裡走出人來。可惜工作人員清出來的全是一些垃圾。她看了一會兒，便走到摩天輪左邊，那裡有一大片鐵絲網。她從鐵絲網縫隙中窺視游泳池。金黃色的水面閃亮亮，彷彿水底也有一個好大的夕陽。但從乾燥的泳池邊緣和滿布的落葉看來，阿嬸想，這還不能游的。她看向泳池入口，門上果然閂了一條大鐵鍊。但也因此，她更是站在泳池旁許久。她想少年人嘛，你愈叫他不要他就偏要，說不定他們就躲在那裡咯咯咯笑著。不知過了多久，阿嬸聽到有人喊她，是個年輕的聲音。

「阿桑！你人找到沒？我們要關門了喔！要不要我們幫忙你找？」賣東西的小弟向她跑來。

「免啦免啦！伊可能家己（自己）出去了，我閣（再）去外口揣看覓（找看看）。」阿嬸怯怯地說。

她暗自想著沒時間去烤肉區瞧瞧，似乎有點可惜。

「是找小朋友嗎？」小弟問。

「欸啦。」阿嬸不知道要說什麼。

「小朋友多大了呢？」小弟又問。

「可能佮（和）你差無偌濟（沒多少）喔。」阿嬸據實回答，覺得自己很憨直。

「跟我一樣大喔？阿桑拜託——那就不是小朋友了啦！你看，我都已經在這裡賺錢了對不對？」阿嬸突然覺得那小弟好像在對自己的後生說話：

「你放心啦，像我這麼大的人會自己照顧自己，他一定在外面等你，不會丟掉的啦！」

他說完還拍拍阿嬸的肩膀。

這話倒還有幾分道理。要不是跟著小弟後面走回頭路，那早該是她分不清楚方向。遊樂園太大，雖然到處有指標，但在逐漸暗去的天色下是起不了什麼作用的。此時黃昏更深了，那介於輕白與淡黑之間沉沉的灰色，是一天之中開燈也不是、不開也不是的時刻。阿嬸這才注意到月亮已經出來。一彎白霜霜的月勾住雲腳，風吹雲飄，彷彿那月會晃悠悠地搖將起來。一路上她不時回頭看著那些機器，只覺得沒有剛進來時那樣漂亮。像褪掉一層皮，卻已經老了。偌大的遊樂園只有阿嬸和小弟快速移動的身影，二重的腳步聲在靜寂的林子裡沙沙唱著。

人在這裡，一下子被大機器載到最高點，然後「唰」地一聲拋下；一下子掛在大機器邊緣甩來甩去；一下子開車繞一大圈鋪好的軌道最後回到原點；一下子又騎假馬在原地上上下下以為自己繞了一大圈。那三個漂亮的少年也和所有人一樣在大機器裡尖叫著，買一枝二十五元的熱狗嗎？阿嬸心中有點不捨。她實在想不透為什麼大家願意付錢進來。但她想，也許光看是看不明白的，要真坐上去了才知道為什麼。於是她還是打從心底敬畏著，她總是習慣敬畏任何她不懂的事情。

走向遊樂園出口，遠遠地，她又看到鐵柵門。她想起城裡的客運車，和許久沒見的兒子。兒子一個人在台北唸大學，前幾天打電話回家說要搬出宿舍，和朋友在外面租房子住，說這樣打工比較方便。阿嬸不知道他打的是什麼工，但想到台北，再想起那孤身在台北的兒子，卻惶惶地不知是什麼奇怪的心情。她記起抄在日曆紙上的電話，想著今天晚上要打個電話給兒子。

阿嬸終於出來了。

門口素美一看到她，劈頭就問：「阿嬸，有好耍（好玩）無？」

「還好，還好啦。」阿嬸靦腆地笑了：「哪會無看著（怎麼沒看到）陳小姐？」

「伊先走矣啦。」素美回答。

她很想謝謝陳小姐，和素美。她知道一張票要三、四百塊錢，她想這一趟可能比今天一整天都賺得多——如果那三個少年仔最後仍舊沒有回來買飲料的話。也許真就那麼碰巧，在她唯一一次去廁所的時候；在她幫小女孩搖珍珠奶茶的時候；在她作夢的時候；或是任何她不注意的時候，那三個少年仔早已經悄悄地離開遊樂園。或者，他們還在裡頭，躲在游泳池中，也許在那個她沒有機會去的烤肉區裡。

暗天裡涼風徐徐，時間已是雞夜。阿嬸扭開發電機旁的小燈泡，鏗鏗鏘鏘地準備收攤。她看到桶子內的飲料，四周冰塊都融得差不多了。五顏六色的易開罐在水裡載浮載沉的，包括許多吉利果。

1 編注：此處「幹」台文正字實為「姦」。然作者為表達小說角色語意，今選擇維持台灣社會普遍約定俗成用法；全書涉及「幹」字用法亦同。

那一站

心裡明白得再經過那一站，就算是自己選的，助仔仍然有點難受。迎面而來的鐵軌以熟悉的速度消失在車底，他盯著，耳朵及腳板都充滿了當火車與軌道貼合時那特有的金屬碰撞聲。

鏘鏘，鏘鏘。

層疊的鏽蝕車體滑過窗外，軌道旁廢鐵堆砌的車廠提醒助仔：他離那一站不遠了。

駕駛座上晚他三期的小劉專心地操縱這班列車，小小的駕駛室裡瀰漫熱水沖茶的悶香。突然小劉像想到什麼似的，掀起杯蓋喝了一口。

這事不是頭一遭，所有的司機心底可能都會有這樣深沉的恐懼。之後時間像落塵覆蓋，一層又一層，直到下次類似的事件再發生。因為永遠也不會有最後一次，所以大家都不太說，頂多就是淡淡一句：「衰啦，實在無法度（沒辦法）。」

助仔看著儀表板茫茫地想，如果現在是他正在開車，那會是什麼樣子？卻怎麼想怎麼怪。

助仔無法揣摩小劉恐懼中的慶幸，他只知道感覺跟以前不一樣了。

因為他害怕的事已經發生。

撞死人不是助仔的錯，多少年來都會有幾個這般尋死的人背著自己的理由出其不意地跳進輪下。沒有人料得到那會是誰，或是在什麼時候。表面上，出事的司機只要配合作個筆錄就沒事了，可後來卻總不只如此。助仔記得他進鐵路局那年有一個同期因為這樣不做了，才開了三個月。後來陸陸續續再有這樣的事發生，人不是休息好久就是離職或調去作內勤，不過風聲總是會傳來。

十幾年後居然輪到自己。他只休息了兩個禮拜，便主動表示要復職。上面還特地叫他去，給他一個電話說如果心裡不爽快可以去找醫生聊一聊。

助仔沒有嗷嗷待哺的家庭，只是一個人悶得慌。一開始，除了覺得自己倒楣之外，他常常想到警局裡那少年家屬的哭嚎。家屬沒有怪他，他像另一個受害者。他會記起那「砰」地一大聲，他甚至相信自己在那一刻聽到機器壓過骨頭的碎裂聲響。他想到當時整個車站像要外翻的驚慌，他模糊地想著那少年的長相。

十七歲的年輕人，助仔不太了解少年為什麼一心想死。他不自覺地想起自己十七歲，太遙遠。他想，彼時應該是四處打零工賺吃吧，就像他早年的二十多歲。如果說他和那少年有一樣的地方，大概是書都唸不好。

這樣胡思亂想了好幾天，他開始害怕地懷念起上班的日子。

上面答應是答應了。但一再被問道：「你真的能開嗎？」時，助仔還是遲疑了一下。一個長官好心地建議他先坐駕駛室跟車跑幾趟，過幾天再開。還說也許調別的路線或什麼的。助仔沒有拒絕，默默地跟上同一路線的這班車。這車當然會經過他出事的那一站，上車後才發現今天開車的是小劉。

小劉跟他打了聲招呼，也沒有多說什麼。

這一條路線，冬末初春的沿途風景是助仔再眼熟也不過的了。有太多農曆年節連續假期都是他值班最勤。並不是為了那點加班紅包，只是一個行至中年的單身漢，助仔覺得過年似乎跟他愈來愈沒有關係。當然他還是喜愛那氣氛的：坐在火車裡沿切面掃過街道後，隨即經過別人的屋後頭，常可以瞥見紅紙貼滿門緣；平交道旁的人車會一同哈著白煙等他；進大站時緩緩地滑行，月台上急於返鄉的人和熱騰騰剛到家的人易位；小孩紅通通的臉頰被母親推擠，吆喝著動作再快一些。他也喜歡經過田野時那感覺，不太會形容，只是禁錮的駕駛室裡彷彿也可以聞到香味，一絲冬日裡燃燒稻草的酷冷乾燥。

心裡知道是過年，同樣的色彩看起來也會熱鬧許多。

事隔兩個禮拜，年剛過，人的風景開始正常，樹頭卻依舊蕭瑟。

火車行進著，助仔看向窗外。一個婦人在自家後陽台晾衣服，袖口捲到手肘，露出渾圓的手腕。

助仔晃晃地想起娶某生子那檔事。這事他常想，不一定是感嘆，有時只是平白想著。他記得少年做學徒時曾經喜歡車行裡的會計，他常有意無意地看她。後來她辭掉工作嫁人了，助仔還很記得知道消息的那天，他下工後一個人跑到堤防邊走來走去，海風吹得他嘴裡吃沙。他不明白當初跑去海邊是為了什麼，就好像他不知道自己今天是為什麼要跟上這班列車一樣。

那會計有一雙漂亮的腳踝。那時候女孩子流行穿涼鞋，助仔記得每次蹲在地上敲東敲西，就覺得跟她好近。她總是將雙足併攏，輕輕地斜倚在辦公桌腳，他就在累的時候，偷瞄著，當作休息。他們很少說話，那時候好像就應該這樣。

陽台上的婦人對助仔微微笑。那笑容在某一刻是那麼近，助仔直直地看著她目送自己離去。

今天從發車開始，每一次進站助仔都緊張。尤其是逼近月台上人群的一剎那，面對那長長一串不認識的臉孔——助仔似乎在想的同時就瞬間滑進一個站。

升起的平交道前摩托車噗噗噗發動著，一台小五十上少年撇過頭跟後座的少女說話。火車拉騰起的風挑出少女塞入耳後的髮，她一手摸著自己臉頰，另一手則將少年摟得更緊一些。

如今這一代的女孩又流行起涼鞋，助仔卻連偷瞄都不好意思了。

他想到厝邊阿菊的後生（兒子），讀高三。助仔每次看到他身邊好像總是跟著不同的女孩子。他突然記起警察局告訴他，那個自殺的少年也留有一封遺書給他的女朋友。

「我少年時陣（時候）若娶一个起來，這馬（現在）囡仔嘛有十七、八歲矣。」他想。

當上公務員之後，一開始也會有人要說媒。助仔沒有排斥，只是都覺得不適合。不知怎麼時機就過了，他也漸漸習慣一個人生活。

一頭鑽進幽閉的洞穴，列車發出悶哼聲響，暗黑的玻璃窗上隨即映出侷限的駕駛室。隔離洞外喧鬧世界，厚實的岩壁留下助仔與窗上自己面對面。

他盯著自己的前額，就像他每天早晨在浴室一般，皺起眉頭。

過完年助仔應該四十了。漂亮的整數年。但因為避九的習俗，去年一整年助仔也說自己是四十，結果該來的還是躲不開。今年當然還是四十，是真正的四十。他暗暗希望過了九，接下來的這一年事情會有什麼不同。

也許換條路線開罷，或者該主動找人作媒。助仔胡亂地想著，不太清楚。但可以確定的是自己不會請調內勤。

他還是喜歡坐在駕駛座上，跟著火車走。

窗外的一切依舊等速地跑著。助仔回過神，猛一下認不出來現在是哪裡。

「這馬（現在）到佗位（哪裡）啊？」他問小劉。

「啥？」

「無啦。」助仔說。

鏘鏘，鏘鏘。

「今仔日毋知是按怎（怎樣），頷頸（脖子）有淡薄仔（一點點）痠痠。」助仔低頭伸手捏著自己後頸根。

「你從剛剛就一直看後面，頭一直扭著，脖子當然會痠。」小劉說完頓了一下：「那一站過了啦。」小劉細聲唸在嘴裡，好像是說給自己聽的。

「啥？」助仔抬起頭，前方熟悉的景色在剎那間迎面而來。

空白計算紙

昨晚她做完數學，筆一丟連牙都沒刷便上床睡覺，爸媽在吵架，她不想經過客廳。她蓋上被子直挺挺靠著牆邊躺著，不知道要不要用力聽清楚那些聲音。

「你不要……我是不可能……」

「你怎麼說……我告訴你……」

「好……你今天……我就……」

「幹恁娘！」

今天早上媽媽來叫她起床，她一睜眼只看到媽媽轉身走出房間。她賴不了床，因為昨晚睡前沒去上廁所。吃早餐時她有禮貌地避開媽媽的臉，她知道媽媽的眼睛腫。

到了學校打開書包，她發現計算紙第一面是空白的。她仔細檢查本子最上方，有幾頁被撕去的痕跡。她盯著空白的計算紙發呆，直到前面的男生轉過頭一把抓過她的本子說：「借我一張空白紙！」

她跳起來從後面拉那男生的運動服領子，男生的手反射地高舉，她用另一隻手將那本子搶回來。

「還來！」她說。

「小氣鬼！」男生說。

她將本子收進抽屜，老師正好走進來要準備上課。

下課時她拿出一枝鉛筆，她本想在桌面上將筆心磨鈍，才發現筆並不利。早上她只顧著要趕快出門，忘了削鉛筆。其實她不想那麼快出門，但她知道今早她待家裡愈久會讓媽媽愈難過。

她將筆轉到筆心磨平的那一切面與紙齊，在計算紙第一頁的空白上輕輕塗著。她均勻而小心翼翼地用碳粉在紙面上一層灰。唰唰，唰唰。那霧漸漸浮上來，將所有昨晚她睡著後發生的事留置紙底。

「我不知首　怎麼　你說，所以只好用寫的　　，我　你

失　，實在很難再　　，你　是說你　改，我也原　你很

多　　這一　我真白沒　　下去了，孩子小，這　　我們

也好　後悔沒　出你　這　人，恨我　前太　　，這一欠我

不會　　，我　夫了」

紙上字痕斑雜，也許是因為昨晚她做數學時的計算也輾轉印上的關係，有好幾個印子完全看不出一點端倪。她竊喜同時感到不安，試著將一畦畦反白的痕跡串起，勾勒出合情理的句子。

第二節下課她把那張計算紙拿給周沛儀與廖翌伶看，她們兩個幫她解出了其中幾塊空白：

「『我對你太失望，實在很難再什麼受……受』，啊『忍受』！」廖翌伶大叫。

「對對！『很難再忍受』！」周沛儀拍著紅磚窗台說。

「這邊應該是『以前』的『以』啦，你看，跟上面那個『所以』的『以』一樣，你媽寫的『以』都會連在一起，你看。」

她突然覺得如果這是個遊戲應該滿好玩的，可惜不是。

「那你現在要怎麼辦？」周沛儀問她。

「我爸媽前幾天也吵架，因為我爸一直看電視不去洗澡，後來他還用遙控器丟我媽。」廖翌伶說。

「我要去打電話。」她說。

於是她走到一樓的川堂，餵了公共電話一張卡。爸爸應該去上班了，她期待聽到媽媽的聲音。

「喂？」

「媽——」

「妹妹？怎麼了？東西忘記帶嗎？你在那裡？」

「我在學校啊，媽，我有事要問你喔——」

「嗯？」

「那個——」

她不知道要怎麼說了，媽媽在那一頭等著。

「什麼？」

「那個，就是啊，你昨天晚上有沒有用我的計算紙寫東西？」

她希望聽到媽媽回答「沒有」，雖然她知道那是騙人的。而事情一定要很糟糕媽媽才會騙她，這樣一想，她又希望聽到媽媽說「有」。

「嗯？」

媽媽說「嗯？」她知道媽媽聽見她的問題了，她在這一頭等著。

「嗯，沒有啊。」

她覺得有點想哭。

「可是我的計算本子前面被撕掉了，而且上面空白那邊還有字印過來，很像有人沒有用墊板寫字印到下面去那樣。」

媽媽沉默了幾秒鐘，「嗯，媽媽想起來了，你睡著以後媽媽好像有去你房間跟你借一張白紙來寫東西。」

「媽媽你是寫給爸爸的嗎？」

「嗯，」媽媽說：「嗯，對啊。」

她覺得好像不應該再問下去，「喔好那沒事了，我只是看到覺得奇怪所以打回家問一下而已。」

「沒事啦，快回去上課。」媽媽說。

「好。」

放學後周沛儀與廖翌伶與她一起走路回家。今天是星期三，媽媽會去便當店幫忙，她可以帶同學回家陪她做功課。回家的路上得經過海清公園，平常她一個人的時候都是沿著公園外的馬路邊走，今天她們有三個人，所以她提議穿過公園。

及胸高的圓弧狀鐵條圈出公園的輪廓，像綿延不斷的麥當勞立標，入口是灰色水泥砌成的矮小迷宮，只需轉兩個彎便可通過。她一邊走一邊用手拂過身旁任何可以觸摸的東西，路邊停放車輛的引擎蓋、鐵欄杆、冰涼的水泥牆，然後沒有了，她已經站在公園內。面前是一條林蔭石板步道，路底淺而顯，那兒有一個相同的迷宮出口，出口過去就是一條條滿是公寓的巷子。

她們往前走去沒有人講話，燥熱的午後連蟬聲也無，她想開口的時候突然有風吹來。

「好涼喔。」她說。

「我的水壺沒水了。」廖翌伶說。

「等一下去你家可不可以喝飲料？」周沛儀問。

「我家好像有冰棒。」

「喔耶！」

「我的借你喝。」周沛儀把水壺遞給廖翌伶。

她們停下來等廖翌伶喝水。

「我們去那邊好不好？」她指著步道右手邊的樹林說。

樹林裡有溜滑梯、一個小小的橢圓形溜冰場、幾個可以搖得很高的帆布棚球狀搖椅，還有一間拜土地公的小廟。廟裡通常一個人都沒有，但香火終年點著，桌上總有新供品。

「喂——」周沛儀說：「不知道阿達會不會在那邊？」

「不會吧，阿達都在菜市場那邊，不會到這邊來吧，簡又立還說他今天早上上學的時候差點被他抓到……」

「上次林青娥被他從後面踢書包，我有看到。」廖翌伶說完在第一個向右延伸的石板小徑上轉彎，她與周沛儀很快跟上去。

她們激烈地搖了一會兒搖椅，每次從最高點向下壓時，她都可以感覺到身體裡面什麼東西快要跳出來，像是心臟，又像是肚子，那躍動在裡頭搔得她癢癢的，她就笑了。她不笑的時候廖翌伶周沛儀就笑了，她們倆坐在她對面。她們搖夠了，等節奏漸緩成行板，她從書包裡拿出那本灰色的計算紙。

「喂，你們覺得這邊是什麼？」她指著最後那句「我　夫了」。

「『丈夫』嗎……『我丈夫了』……好奇怪。」

「不是吧，哪有人這樣說的啦，一定不是丈夫。」

「什麼夫，休夫嗎？」

「什麼休夫？」

「就是休掉丈夫那樣……啊我知道了你媽想休掉你爸！」

「還有什麼夫啊，好難喔。」

她將計算紙本子握在手裡，背起書包跳下搖椅。廖翌伶周沛儀也跟著她跳，「去拜拜！」她喊。

她們三人跑向土地公廟，一陣熟悉的香煙撲鼻而來，她將本子擺在旁邊的板凳上，站在小廟前雙手合十。周沛儀已經拜好了，廖翌伶正在鞠躬，她才剛在心裡想好準備要祈求神明的事情，突然小廟裡神桌下的布簾動了一下，她們三人互看一眼，「阿達！」廖翌伶叫出來。

大家都聽到了！

她轉身前仍然記得抓起計算紙本子，接著便是沒命地奔跑，廖翌伶及周沛儀的喘息聲緊跟在她後面，她一邊跑一邊聽見計算紙在風裡啪啪作響。

她們一路跑出了公園。

「那是什麼啦？」周沛儀上氣不接下氣說。

「不知道，不過我有看到一隻手。」廖翌伶說：「你們有沒有看到？」

她沒有看到。但是她想如果周沛儀說「有」，她就要說「有」。

「是阿達嗎？」周沛儀問。

這問題沒人回答。

「好可怕喔。」

「我還沒拜好說。」

打開二樓公寓大門，家裡一切就像今天早上她上學前一樣，茶几上的小杯裡有昨夜的茶漬，抱枕擺在同一個位置。廖翌伶熟稔地跳上沙發找到遙控器，她走到廚房打開冰箱，發現家裡並沒有冰棒。
「你爸媽會不會要離婚啊？」周沛儀在她身後說。
「不會吧。」
「我爸媽一直說要離都沒有離，」廖翌伶眼睛盯著電視：「他們連離婚證書都寫好了。」
「你怎麼知道？」
「上面還有寫離婚原因喔，個——性——不——合——」
「你怎麼知道？」
「我看到的啊！」廖翌伶轉頭看她。「他們把離婚證書藏在他們房間衣櫃左邊下面那一格最裡面那邊，連簽名都簽好了。」
「那個離婚證書在賣透明自動鉛筆那家店裡面就有在賣。」

「是喔。」

「說不定你爸媽的也寫好了。」

「我們去房間找找看說不定有。」

於是她們進入她爸媽的房間。她拉開媽媽梳妝檯的抽屜，廖翌伶與周沛儀探過頭來，她們注視著抽屜裡的東西。裡頭有一些耳環及項鍊，上面寫有「記帳本」的本子和一些證件模樣的小卡。

「還有，你可以找找看有沒有保險套。」廖翌伶說。

「什麼？」

「就是做那個啊，做那件事要戴那個，我哥跟我說的。每次我爸媽吵架之後我哥都會去偷翻他們抽屜看保險套有沒有少，如果少了就表示沒事，我哥說的。」廖翌伶說。

「那保險套長什麼樣子？」

「小小的，藍色的，像正方形那樣，很扁。」

「你看過喔。」周沛儀問。

「嗯。」

這次她完全相信廖翌伶，不過媽媽抽屜裡並沒有小小扁扁藍色正方形的東西。

周沛儀走到衣櫥前。「上面是什麼？」她指著上頭的櫃子問。

「棉被。」她說。

她搬來梳妝檯前的椅子，站上去打開衣櫥頂的櫃子，白色的棉被蹦出像一朵飽滿的雲。

「說不定在後面。」廖翌伶說。

她將手伸進棉被下面，往櫃子深處探去，抓出一卷錄影帶。

「什麼東西？」

「不知道。」

「一定是A片。」廖翌伶降低音量。

「你看過喔？」

「我哥說我二叔叔常看。有一次他好像在看——我二叔叔超噁爛的，平常都愛罵人，結果那次他還想叫我過去跟他一起看，我才不要去。」

「那你看過嗎？」

「唔……」

她感覺廖翌伶會說「有」。

「沒有，」廖翌伶說：「可是我哥看過。」

「要不要看？」她問大家。

她們回到客廳，她將錄影帶放進機器裡，等待錄影帶倒轉。

「如果是鬼片的話我不要看喔。」周沛儀突然說。

「都是假的有什麼好怕的。」

她按下播放鍵，她們三人各坐一張沙發，螢幕出現片頭字幕時，周沛儀跑去與廖翌伶擠著。那是一部日本片，有中文字幕。

一間辦公室裡，一個男人坐在桌子前面。

敲門聲。

男人說：「進來。」

女人說：「社長。這是今天的部分，請簽名。」

女人將一疊紙放在男人面前。

男人說：「嗯，好。謝謝。」
女人退後鞠躬，轉身正要開門。
男人說：「請等一下。」
女人說：「啊？還有什麼事嗎？」
男人說：「這裡錯了啊。」
男人指著桌上的紙。
女人說：「是麼？真是抱歉……」
女人走向男人辦公桌左邊。
女人說：「哎呀，真糟糕。」
女人與男人一起專心地看著男人手指的地方。
男人說：「這樣不行啊。」

男人將手放在女人的屁股上。
女人說：「咦？」
男人說：「沒關係吧。」
女人說：「社長，不行，社長。」
男人伸手拉起女人的窄裙。
女人說：「啊。」
女人退後一步，調整好身上的窄裙，轉身往門的方向走去。
男人搶先一步到達門邊，伸手抓住門把。
女人說：「我要走了，社長。」
男人說：「沒那麼簡單。嘿嘿。」
男人一把扯開女人的襯衫，女人的胸罩是紫色的。

女人說：「不行，我要走了，社長。」

男人抱住女人，將女人的胸罩拉下。

男人說：「這樣外面的人都會看到你這個樣子唷。」

男人捏著女人的乳房。

女人說：「啊，不要，社長，不要。」

男人說：「真可愛呢。」

女人說：「不要，不行這樣，社長。」

她看著那畫面，覺得自己肚子很癢，像剛才在公園裡搖椅盪到最高處要往下掉的感覺，她想笑，除了癢之外她還覺得有點不好意思，不好意思看見那女人裸露的乳房以及男人揉捏的動作；不好意思與廖翌伶周沛儀一起看見那女人裸露的乳房以及男人揉捏的動作。她盯著字幕，女人說的話一直重複。
男人和女人全脫光後就不太講話了，這是她第一次看見男女做那件事，之前雖然她總是一副了解那是怎麼一回事的樣子，但其實她並不非常清楚，當然也從來沒有真正看過，現在她看到了，原來是這樣子。
「好噁喔。」
「你們有沒有一種怪怪的感覺？」
「什麼感覺？」
「這裡癢癢的。」
「有耶。」周沛儀和廖翌伶咯咯咯笑起來。
再來每一個鏡頭都引她們發笑。
「A片也是假的嗎？」

「應該是吧，錄影帶都是假的吧。」

「好噁喔，不要看了啦。」

她看看時鐘，媽媽應該快回來了。她站起來按下停止鍵，將錄影帶順轉到盡頭，然後放回爸媽房間櫃子裡的棉被深處。

「不可以跟別人說我們看過那個。」

廖翌伶周沛儀回家了。她走進自己房間打開書桌前的檯燈，看見桌子底下的垃圾桶裡有幾張紙團。她撿起紙團攤開，那是她昨晚做數學時寫的算式。她將計算本子從書包裡拿出來，瞪著那碳灰色的斑白首頁，她腦子裡都是剛才男人和女人做那件事的畫面。她發現有一張紙團掉在垃圾桶角落，那紙團揉得非常緊實，比剛才她撿出來的那幾張紙團都顯得要小。

那是媽媽的字跡。

「我要走了。」最後一句寫著。

她哭起來。連媽媽開門回家的聲音也沒有聽見。

不吠

我很少回家。事實上，算算二十九年來我待在家裡的時間已經少於二分之一。平常如果有人問起我的家，我就回答那個地方。就算我不回答，我也會想到那個地方。

我的家現在只剩下阿爸阿母兩人和一條狼狗。今天早上我醒來時聽到樓下有貓悽慘憤怒地嚎叫一聲，我以為車輾過野貓，趕忙爬到窗口往下瞧，但街道上冷冷清清，沒有車也沒有貓。我順勢起床，想起的第一件事其實是昨晚睡前想著的最後一件——我要休息一陣子——我決定回到家裡如果任何人問起任何關於我的問題我都要這麼回答。隨便梳洗後我帶了幾件簡單的衣物，出發去坐早班的客運車。

在車站下車之後，我步行回家。這段路我小學常走，那時候走一趟得花上我兩個鐘頭，然而這一次我只走了四十分鐘。在最後一段田埂上我遠遠望見家裡大門敞開，一個人都沒有。狗一如以往綁在門口埕底的欄杆上，牠刨著爪子左右張望，顯得疑神疑鬼。我提著背包走近，才發現這狼犬已不是從前那隻。我彎下腰去摸了摸牠眉間，狗瞇起眼睛看我。這狗有點不尋常，我站直身子牠便趴了下去，將下巴擱在交疊的兩隻前腳上，眼瞳有點黃糊。

養隻不吠陌生人的狼犬能做什麼呢？我回到廳前廊腳，在阿爸慣坐的長板凳上躺著，地上有兩張攤開的報紙上排著稀落的菜豆莢，報紙是今天的日期。

我在板凳上躺了一會兒，枕著手仰頭環視四周，廳堂沒有太大改變，今早在客運車上頭我還想像它舊去的模樣，屋瓦剝落，牆垣斑駁。但沒有，接近中午的豔豔日曬映出滿堂光影，窗櫺春聯都比我記憶中還新。

生鏽的彈簧紗門突然間前後擺盪起來，發出尖銳的響聲，我猛地從板凳上坐起，差點失去平衡。

「爸。」

阿爸看到我，臉上有壓下的驚訝表情。他穿著白色汗衫和不知道用誰的西裝褲剪成的短褲，我看他戴著帽子，沒等他開口，「欲出去喔？」我問。

「嘿，」阿爸遲疑了一下。

「牽狗仔去狗仔醫生彼爿（那邊），」阿爸說，看著埕斗內的狗。狗還是維持趴著的姿態。

「是按怎（怎麼了）？」

「毋（不）知呢，就毋食（不吃），」阿爸望著門口的方向：「飼料毋食，連肉骨嘛毋食。」

「伊袂吠（不會）呢。」我說。

「啊，」阿爸眼睛微微瞇起：「伊生成按呢（這樣）啦。這隻自細漢（小時候）掠（抓）來就袂吠，袂吠好啦，較清靜。」

阿爸探腳出廳堂，埕裡烈日當空，我喊他。

「爸，」我快他一步向狗走去：「我去啦。」

我鬆開欄杆上頭的狗繩，將狗趕進摩托車上的踏腳處，車鑰匙已插在孔上，我一轉動，機器顫顫抖抖，氣息微弱地吐了幾個煙屁。我腳踏著地前後滑步移動，阿爸在一旁看著我拖曳機車後退掉頭，我感覺到他快要說些什麼，我用力轉動手把，離開的時候狗很安適地蹲坐在我兩腿中間。

騎到馬路上後我開始有點擔心，不知道阿爸所謂「狗仔醫生」還是不是我想的同一個，我記得的那個狗仔醫生是個密醫，姓林，住在國民小學對面的巷子裡。

國民小學對面居然沒有巷子！我繞了一圈又騎回家門口附近，換了另一條路再次往國民小學騎去，國民小學看來沒有太大改變，校門上了新漆，但對面就是沒有巷子！我晃了兩圈後在家門外約五十公尺處停下來，隱身在國術館大門的立牌後面。突然我想起今早下客運車時在車站旁邊好像看見有獸醫院的招牌。我決定往鎮上騎去，那狗杵在我腿間像一尊慈眉善目的神。

客運車站旁的獸醫院看來頗新，我牽著狗進去，櫃檯小姐叫我填掛號單。我看了看，寫上聯絡人姓名、地址與電話，將單子交回櫃檯。

那小姐瞄了掛號單一眼，指著動物基本資料欄說：「先生，年齡這些你不知道就算了，狗的名字一定要寫。」

我看著狗，牠看著我，生病的狗好像常有一種無奈的表情。

「我不知道他的名字。」我回答。

「這是你的狗嗎？」

「呃，」我停頓：「是家裡的狗。」

「名字要填，這是我們醫院的規定。」

「可是……」我說，心裡想著是否得隨便給這狗取個名字罷。

「陳宇輝是你本人嗎？」小姐看著單子上的聯絡人姓名問。

「對啊。」

「那就先用你的名字好了。」小姐拉過單子，在「動物姓名」一格裡兩三下填上「陳宇輝」。

我牽著狗在候診室等待醫生喊我們的名字。試想發生了這麼件莫名其妙的事——一隻狗取了我的名字——我身邊的人大約都會喜歡這類寫實荒謬的小插曲。在我生活工作之處凡事很容易就變成象徵，而此事渾然天成足以讓人思考一陣。譬如依琪，她會說：「這故事趣味性滿好。」

據說最近依琪與廖上謙走得很近，廖上謙現在成了大家口中的「廖導」。我絕不承認廖上謙那樣的貨色可以冠上「導」字，可惜這事並非我說了算。在我生活工作之處多的是人叫我們懷疑上帝及自己。機會對誰都是一樣待遇，有才能與沒有才能的人，機會來了叫沒有才能的人也得有才能。

去他媽的等待！

「他叫什麼名字？」一個高中生模樣的女孩在狗面前蹲了下來，她讓自己與狗齊高，一邊撫摸狗的頸子一邊抬頭望著我。

「嗯……」我對吐出自己名字感到拗口，該說這狗沒有名字麼，但我沒有這麼說。「陳……陳宇輝。」我說。

「陳什麼？」女孩問。

「陳宇輝。」

「好怪喔，好像人的名字。」

「嗯，對啊。」我說。

「你是外地人嗎？」她問。

「嗯……」我怔了一下：「我很久沒回來了。」

「從哪裡回來？」

「台北。」

「喔。」女孩說：「台北很好玩耶，我下次放假還要去。」

「嗯對啊，」我點頭：「我玩完回來了。」

狗看向診療室，穿著外套的助手開門探出頭喊：「陳宇輝。」

「輪到你了。」女孩對我說。我只好牽狗進入診療室。

那醫生看來年紀比我大些，但應該不過三十五六。他摸摸狗沒兩分鐘，也沒什麼結論，只說狗可能是定期疫苗沒有打足，免疫力給搞壞了容易生病。他扎了狗一針，「下禮拜再來。」他說。

出了診療室女孩已經不在，我付了錢便騎車載狗回家。

我將摩托車轉進埕前的時候，阿母正提著桶子要去餵雞。

「哎唷！恁阿爸就咧唸，啊你欲轉來（回來）哪會無（怎麼沒有）先敲電話？」阿母大叫。

我忽地壓了煞車，腳撐地，車子仍噗噗發動著。

狗在我胯間吐著舌頭。

「無啦……就……」

「啊你是攏咧做啥？遮爾(這麼)久啊規年(一整年)迴天攏無轉來厝內底！」

「我……」

「有咧食頭路(工作)無？」

「有啦。」

「啊是咧做啥？」

「攝……攝影啦。」

「阿娘喂，閣咧(還在)翕相(照相)！共(給)人翕相是會使(可以)趁偌濟(賺多少)錢？」

「袂枵死(不會餓死)啦。」我大聲地說。

我催了車子往前幾步，阿母提著飼料桶子跟在我旁邊。

「啊是有交小姐啊無？」

「喔！莫(不要)問這啦！」

「有無啦？」

我又將車子往前移，阿母再跟上來重複了一次：「有無？啊？」

「有啦有啦！」我說。

「有毋就愛毛轉來(帶回來)予逐家看覓(大家看一看)！啊是囥佇(放在)台北欲——」

我察覺她沒有就此打住的意思，便將機車熄火。她突然注意到我兩腿間的狗。

「狗仔是按怎？」阿母問。

「阿爸叫我牽去看狗仔醫生。」

「啊！一定閣(又)開欲仟百塊去！」阿母說：「我就共恁阿爸講狗仔毋通(不能)飼，啊伊就硬欲飼，我攏無愛管，飼狗討債甲欲死，閣袂食(又不能吃)這。」

「阿母，」我問：「咱這隻敢有號（有沒有取）名？」

阿母聽問居然手摀嘴盈盈笑，「號做陳連雄啦！」阿母大呼。「講著這偌（多）趣味咧，彼日恁阿爸牽去市內予狗仔醫生看，啊就欲寫彼啥（那什麼）物掛號單，啊恁阿爸佇厝內底就攏『狗仔、狗仔』按呢（這樣）叫，哪有號啥名，結果彼个護士就講一定愛有名……」

阿母說著我的故事，我看著狗，牠還在機車腳踏板上似乎不想下來的樣子。

突然阿母沒頭沒尾話鋒一轉：「啊……有影（真的）呢，伊看起來無啥精神。」

狗朝她狺狺低吼一聲。

「啊——牽牽去歇睏（休息）啦。」

阿母不耐地擺擺手，提起桶子往欄杆後的雞籠走去，沒有講完那個趣味的故事。

那細微窸窣的摩擦聲

她總是懶得從背包裡掏鑰匙便按了門鈴，開門的是媽媽。媽抵著腳尖踩過陽台地板上散亂的鞋來開門，臉沒有湊上門縫就鬆了鎖，媽知道是她，在一天的這個時候。

媽讓她進來後拉上門，鏘鐺。她一邊看著地上的鞋，一邊杵著陽台欄杆脫下自己的，一隻隻鞋像隨意停放的小船，有些上頭還留著媽剛踏過的痕跡。那些鞋扁了嘴之後開始膨脹，像緩緩長出骨架立體起來。將鞋擺好的時候媽告訴她阿公來了。「啊，是阿公。」她看著鞋想，有那樣的預感。

她進門看到阿公坐在客廳裡，電視上是爸媽每晚定時收看的連續劇，客廳只有阿公。「你爸爸去朋友家了。」媽回答，雖然她沒有問任何問題。「阿公。」她叫人，將包包扔在爸慣坐的位置上。「嘿。」阿公沙啞著聲音說，看著她，有點要起身的模樣，遲疑片刻，結果反倒向後移了一些。

她覺得阿公很緊張，好像平白無故多了副手腳，他坐在電視機正前方靠牆的三人座沙發上，只坐右手邊那一格。她趕忙過去坐在他旁邊。

媽不見了。後陽台的熱水器在某一刻轟隆隆地緊跟著臥房浴室的水聲響起來。

她和阿公並肩坐在同一張沙發裡。他們的眼神落在電視上，劇情走的時候他們沒有交談。

電視上開始播一支最新的手機廣告。「阿公來台北玩唷？」她開口問。

「嘿，」阿公回答。她聽得很清楚，阿公喉頭有個細微窸窣的摩擦聲，好像他還要再說，可是沒有。

她停了幾秒後問：「敢是（是不是）來看病？」她看著阿公，不曉得自己為什麼要笑嘻嘻的。

「嘿。」阿公看她笑居然也笑了起來。

「啊是按怎（怎麼了）？」她想要收斂起笑容。

「無啦，就目睭（眼睛），嘿，毛病矣。」阿公零零碎碎吐出這幾個字，又停了。

她想起媽與她說過阿公自去年白內障開完刀後眼睛就斷斷續續出些小問題，是模糊還是流目油？

她想跟阿公說些別的，無關緊要的，或許像今天學校發生的事。今天在學校發生了什麼事嗎？整個下午她都坐在活動中心旁的咖啡店裡安慰寧寧，下一個男人會更好之類。她說得很認真，寧寧在某一刻打斷她的話說她們真是難姐難妹，一起上下課，一起吃飯，一起談戀愛，一起遇到爛人，連那個來的時間都一起。

電視上播著短促的成藥廣告，這一節廣告時間快過了。

她覺得寧寧有什麼感覺錯了。她跟寧寧不一樣，她不需要寧寧。難姐難妹，寧寧說，因為寧寧需要有個人陪她一起落難。當寧寧這麼說的時候她們就不一樣了。

跟阿公說什麼呢？也許應該說些跟阿公有關的事情。

「嗯……我送你彼个（那個），藥仔，你有食無？」她問。維他命不是藥，可她想用阿公聽得懂的話說。突然她想起那已經是去年中秋的事，阿公會記得嗎？

「嘿，」那個細碎的摩擦聲又出現了，像兩條彈性金屬線打成的活結被拉緊。那個，上次那個誰也有買，阿公說，忘記吃啦。然後又呵呵笑了。

小時候家裡鋼琴還沒有賣掉的時候，半年來一次的調音師先生，他會將琴身打開，鋼琴的內部布滿了弦及小小的乳突狀金屬，調音師先生拿出一把小機械，有點像數字「7」，他用「7」拴住每個突起，然後緊擰，在那個時候，調音師先生皮箱裡的擴音器中便傳出那個聲音。

她也笑起來，咯咯咯地，突然就斷了。還好電視開著。

她很喜歡阿公。愈長大跟阿公愈不熟，卻愈喜歡。在她忙著面對生活的時候，阿公像丟棄東西似的變成她身旁這個謙卑不諳言詞的老人，害羞地，說不出話就笑。有時候她覺得自己正慢慢忘記她小的時候阿公是什麼樣子。也許阿公並沒有丟棄什麼，一切都是她自己的緣故。

「啊……」阿公突然出聲：「敢是（是不是）開學矣？」他問。

她才發現她差一點連此刻的阿公也要忘記。阿公正努力著想要說些跟她有關的事嗎？

「嗯，」她點頭：「開學矣。」

上一個

「頂禮拜就開學矣。」末了她又補上一句。

她揉揉鼻子，聞到自己身上有股淡淡消毒藥水味道，但不太確定。不知道阿公有沒有聞到，就那麼近。今天傍晚她一個人去了醫院，還是她長那麼大第一次去婦科，自己上網找資料，自己掛號，自己去。那女醫生有張讓人安心的臉，說話毫不遲疑。有時候很親切，給她建議的時候又好像離她很遠。

電視不知道什麼時候已回到連續劇裡，那些人物們說的話她一字一字都聽了，但到底在說些什麼她卻毫無頭緒，好像就是些音節，一排塑膠小球般咚咚咚滾過她耳邊。

「……」她又聽到那個細微窸窣的摩擦聲，她偷偷瞅阿公一眼，沒有轉頭。阿公眼睛盯著電視，側臉上嘴唇似乎動了一下。

「嗯？」她出聲，曖昧模糊地，她只是想確定。

阿公終究沒有說話。

浴室的水聲停了，她注意著，門還沒打開。媽應該在她的梳妝檯前擦乳液，她彷彿可以聞到臥房裡類似瓜果的清香。

電視又進入廣告。

媽就快出來了。

「嘿，」她第一次聽見自己喉頭發出那樣的聲音，嚇了一跳。

「嗯？」

聽錯了嗎？她想的時候，話正脫口而出：「我有一个朋友，」她看到阿公轉過頭來，「伊的名內底，有一字佮（跟）你的名仝款（一樣）喔。」

阿公看著她，皺著臉皮笑開，瞇起混濁的眼神閃過她的，黑黝發亮的顴骨上浮現淡淡的紅暈，她不知道自己是不是看錯。

無論如何，她還是跟著笑了。

她說謊，她並沒有朋友名字裡有跟阿公名字相同的字，她只是需要有那樣的朋友，阿公也不會知道她在今晚自己造了一個。

你一生中最努力工作的時候是什麼時候

他的比方是，那像一只層層包覆的盒子。他的大大前天裝在大前天裡，前天抱著大前天坐在昨天裡，他的今天永遠是最大而無當的箱子，無論目的是什麼，一旦打開今日之箱他便容易像一個過度歡樂的壽星，無法克制地拿起上月搬出去年，一層一層往最裡面的小盒拆去，這遊戲的狡猾之處是你無法略過所有無用的箱子，並且沒有人保證最末端的小盒裡一定有東西。

如今他的好奇心已不似從前，也懂得耐住今日的誘惑。但偶爾意外還是會發生，他盡量學著在適當的時機自動中止那慾望，前頭的苦差不一定能得到等值的報償。

事實是，他的今日也不如以往誘人了。從前臨睡前他總是在床上翻來覆去一再思量，有時放任自己鑽進今日之箱裡，沒完沒了個把鐘頭，最後疲勞入眠；有時他則是努力抑制自己，將思緒導至幻想架空的世界裡去。但現在的他躺上床不必三兩下就能進入夢鄉，夢鄉無夢，他只是睡著。

今天他搭乘捷運回家的時候，一個年輕人不知道什麼時候上車坐在他旁邊的位置，當時他一直看著窗外，列車在陰暗的地底行進，他喜歡窗上的車廂大過窗內的車廂，他看著窗，不擔心與別人目光相遇。

他沒有發現身旁坐了一個年輕人。

「你好。」年輕人開口。

他驚訝地轉頭，年輕人的臉距他僅兩肩，雙眼像圖針般釘住他。

他看著那雙眼睛，感到一種前行的迫切。

「嗯。」他回答。

他打量這個年輕人，一個頹喪大學生模樣的男子，瘦削的輪廓，兩頰有面皰痊癒後留下的疤痕，骯髒的短髮與暗沉的表情，那張臉簡直就是個為了要襯托那雙澄澈瞳孔而生的陰謀。

「你工作努力嗎？」年輕人問。

他一時語塞，甚至不確定聽到了什麼，年輕人毫不羞赧地注視他，幾秒後他回過神來。「什麼？」他皺眉，閉起眼睛，又睜開。他需要一點時間思考。

「你最近有努力地工作嗎？」年輕人重複了問題。

「嗯，哼，有啊。」他提高音量，卻嚇到了自己。

他其實沒有仔細思考。對於年輕人的問題他第一個反應是隨便丟出什麼擋著。

「比你以前任何時候都還要努力地工作嗎？」年輕人再問。

這個年輕人緊追不捨，想要的到底是什麼？他不了解，如果只是場日常的攀談，在下班時分的擁擠捷運裡，人們應該有不過問彼此工作是否努力的默契。

他清了清喉嚨，「抱歉？」他說，雖然他並不感到抱歉。那是一個禮貌的訊號，走開，他說，年輕人，帶著你尖銳的眼珠，快走開。

「我說，現在是你一生中工作最努力的時候嗎？」

年輕人提到了一生。

那聲音在他耳邊，他的腦袋卻像慢了一拍的節拍器，此刻才真正開始思考年輕人的第一個問題。他的答案是否定的，他已經很久很久，很久沒有努力工作了。於是他回答：「不。」

他發現自己憤怒起來，但好奇心壓住了他的憤怒，他知道今天已經變得不同，他憤怒自己對小事的敏感，那突顯他的卑微，一方面他開始對這段對話產生了興趣。

但他面無表情望著年輕人。

「那你一生中最努力工作的時候是什麼時候？」年輕人緊接著問。

年輕人的眼神無懼。他不了解。他不了解經常把人生掛在嘴上的人，「人生應該……」、「這就是人生啊」、「我有生以來……」，那樣的人總讓他感到不可信任，只有騙子才那樣揮霍語言。早些時候的話，那些人會激起他的鬥志，可能是老者，可能是稚氣未脫的少年，可能是失意的中年人，現在他只是撇過頭去。

眼前的年輕人問了他一個關於一生的問題，問題像一個圈套。

「嗯……高三的時候。」

他驚訝自己居然回答了。

「那一年發生了什麼事？」

年輕人的問題緊緊跟著他的話尾，他們像壅塞公路上的兩車，他往前移，年輕人也往前移。

高三那一年發生了什麼事？

其實再無聊也不過，因為要聯考，所以他特別努力唸書。那是不是他一生中最努力的時候他不知道，他唯一能確定的是現在絕不是他一生中最努力的時候。

現在彷彿一灘軟泥。

他該怎麼回答？他不想說「因為要聯考我只好努力讀書，所以那是我一生最努力工作的時候」，那樣的答案真是爛透了。

可是他有什麼選擇呢？高三那一年還發生了什麼事麼？為什麼他得在一來一往有限的時間內回答一個陌生年輕人關於人生的問題？為什麼他不說「干你屁事」然後起身離開？

「聯考。」他說。

「聯考跟你努力工作有什麼關係？」

「因為從小的教育，所以……」他聽見自己說，心裡卻想著「那麼我一生中最努力工作的時候到底是什麼時候？」

沒完沒了。

「抱歉，我該下車了。」他站起來。

突然那年輕人拉開嗓門：「大家注意一下，這位先生要下車，有人要下車了。」

車廂內並不擁擠，但在那一刻，車廂裡所有的人都動了一下。

然後他們看著他，偷摸的、好奇的、理直氣壯的、漫不經心的、喁喁私語的，全都看著他。他不懂為什麼要看他，年輕人大聲嚷嚷卻無人理睬，大家只是看著他竊笑，彷彿他才是有問題的人。

循著左上方高架的巨大捷運軌道前行時，他思索著剛才自己與年輕人的對話。他思索著，像一個認真的導演，一遍又一遍修剪每一句台詞刨磨每一個對位。他有一些額外的時間，他早了一站下車，必須多走幾步路才能到家。

拉開的抽屜

他拉開電視櫃下方的抽屜，突然感到心虛，他以為自己就要忘記什麼——這景況好像什麼時候發生過。他站在那裡想要記起到底是什麼時候，最後他連最初要拿的東西也忘了。

「你怎麼了？」郁純走過他身邊時這麼問他。

沒有，他回答。

然後郁純給他一個不信任的溫暖眼神，好像在說：「好吧。」

郁純也常那樣看易凱。小學時易凱放在同班同學裡看起來特別瘦弱，有一回學校運動會，易凱埋在班級隊伍裡向他及郁純揮手，熒熒太陽下其他孩子頭髮漆黑閃亮，易凱就一隻溺水的手般撈著，慢拍跳起來的臉因為用力而扭曲，當時他有個錯覺很想跳進隊伍裡去救他的孩子，郁純緊抓著他的手，他知道郁純跟他擔心的是同一件事，也許郁純擔心的更多。

郁純總是擔心更多。

因為體質孱弱的關係，小時候易凱書包裡有許多必要配備，郁純每天都要檢查一遍。易凱不喜歡吃蒸的便當，他胡亂編找要媽媽幫他送午飯去學校的藉口，郁純會溫暖地看著他蒼白的臉。

郁純說想出去逛逛。好啊，他說。

他仍然站在電視旁邊看著拉開的抽屜。那抽屜專放些不重要的工具雜物，有鐵釘、鐵鎚、螺絲起子、針線、布料剪刀、指甲剪、指甲銼刀、幾支鑰匙、幾張照片、一些零錢、棉花棒、ＯＫ繃、胃片……這並無幫助，他知道就算他將東西一樣一樣拿出來，他也會在過程中忘記他最初想拿的東西。他會以為他要拿胃片，因為這麼想的時候他的胃就疼起來。他可能拿起指甲剪，因為他才發現自己扶著電視櫃的指末長牙。也許他將找出一張照片，照片將告訴他有關他起身打開抽屜前所思索的事。

郁純說話的方式含蓄曖昧，那口吻也是一句話，有表情，有明白的意思——她想知道他是否願意陪她逛逛。但他有其他事要做，雖然他現在不很清楚，但開著的抽屜提醒他他有忘記的事。暗示就那麼多。

於是郁純獨自出門了。他聽見郁純關上鐵門，聲音留下來。「他在房間睡覺，晚一點記得叫他起來吃麵。」

「立人，」郁純說：「不要罵他。」

他走到冰箱旁邊，打開冰箱的時候他舔了一下嘴唇，發現自己喉嚨乾澀。他給自己倒了一杯冰水，回到沙發上坐著喝。

他站起來。桌上半滿的水杯上頭有幾個逐漸霧濛的指印。

他走到廊底，在易凱的房門前停住。他沒有開門，門是鎖著的。他也沒有敲門，不會有人來開門。易凱今天清晨回家的時候，郁純被鋃鐺的鐵門吵醒，悶哼問他幾點。他轉頭看了床邊的電子鐘，紅色的霓虹跳了一下，五點五十三分。

兩點，他告訴郁純。郁純淺眠，他們臥房裡的窗簾是厚重的深色絨布，這種時候他慶幸這一點。

他轉彎走進自己的臥房，打開郁純梳妝檯的抽屜，從珠寶盒下方鋪的牛皮油紙底下摸出一支鑰匙。鑰匙壓著一疊發黃的紅色直行紙。紙上是易凱的八字命盤，那是易凱剛出生的時候他們拗不過爸媽給批的。本來他早就忘了寫些什麼，幾月前他突然想翻來看，不過最後他還是沒有這麼做。

他拿著鑰匙走回易凱房門口，將鑰匙插進匙孔，一開始他轉錯了邊，發出喀啦喀啦的響聲，他一驚，門已小縫微露。

他推開門，房間大亮，牆上滿是捲曲泛黃的海報，每一張臉都薄薄地瞪著他。易凱的牛仔褲扔在地上，像兩管翻白的眼。這小子顯然回房後倒頭就睡，連窗簾都沒拉。易凱躺在床上側身面牆裹著被單一動也不動，整片的光線從窗上踏入，空氣中塵埃均勻飄浮沒有落下。他望著易凱瘦削的背脊，突然莫名其妙感受一股莊嚴氣氛，他正想罵出嘴，卻噤聲了。

易凱動了一下。他回過神來，趕緊抓住這機會往他頭上揮去一巴掌。

「起來！不要睡了！給我起來！」他咬牙壓低音量。

——幹什麼啦！

易凱拉上被單矇住頭，他的身體蜷了起來，現在看起來像一隻齷齪渺小的蟲子。他向前又是一記。

——起來！我有話要問你！

易凱掙脫棉被，那動作像一隻正在破蛹的蛾，他在探索頻道裡看過。那蛾坐起來，兩隻眼紅通通瞪他。

「你吃——」他腦子裡跑過許多從新聞裡聽來的詞，每一個詞套在他舌尖上都像一隻彆腳的鞋，「那個，吃多久了？」

——什麼啦！

——你知道我在說什麼。

「我不知道啦！出去啦！我要睡覺！」易凱的聲音已經是個男人了，他的腮邊也會在清晨長出鬍子。

「你不要以為我不知道。」

「知道什麼？」

他想說些他知道的，但他發現自己什麼都不知道。

「你不回來我不管，」他站在床旁邊：「你要回家就給我好好的，清醒以後再回來。」

「什麼啦。」

「你媽不知道。」他說。

——你們有病你知不知道！好啦好啦出去啦，我要睡覺。

這小子完全不記得了。他不記得今天清晨他腳步踉蹌眼神失焦地抱著站在客廳裡鐵著臉的他，嘻嘻哈哈地說：「爸，你真好。你，還有媽。」他不記得上禮拜清晨、上上禮拜清晨、上月清晨、十年前的清晨，當他還是個孩子的清晨，他也說：「爸，你真好。你，還有媽。」

他看著易凱蒼白不耐的臉，臉想站起來，卻逐漸沉了下去，不再與他說話。他移動了幾步，彷彿小心接近一隻具攻擊性的獸類，他停在伸手可及之處。

還沒清醒嗎？還是又睡著了？他站在床後，在易凱仰著的年輕頭顱上方，倒著看那張緊閉的臉：由上往下依序是下巴、下唇、上唇、鼻孔、鼻梁、吊眼、勾眉，他一直看著，看著的時候……突然那臉變形了，「幹！」

他聽到男人的眼睛說——

他掄起拳頭往那張臉正中央揮去，第一下，那臉叫了一聲往右邊跑，使得他第二下打在左耳上，「爸！」那臉又叫一聲，他再一擊，那張臉彈回床裡，他不遲疑了，兩隻手都用上，他感到自己的骨節陷入柔軟的人的部分，裡頭有什麼是硬的，傳到手上有種麻麻的感覺。有時他張開拳頭，有時他握緊拳頭。那張臉似乎只發出兩聲就不動了，放棄了。臉上開始有了一點顏色，一點顏色染上他的指節。

易凱小學三年級的時候，班上有個同學欺負他，讓他摔了頭，臉上也縫了幾針。他趕去學校，肇禍的是一個看起來老成的孩子，起先那孩子承認自己錯了。「但是是吳易凱他自己跌倒的！」等那孩子的爸爸來了之後，老成的孩子開始反覆說著這句話。他和老師一起看著那男人，那男人並不制止孩子，彷彿沒聽見自己孩子說什麼。

男人有張黃臉，五官像砂紙磨過一樣，扁鼻、細眼，唇形模糊，大部分時候面無表情，彷彿生氣老師就為了這麼一點小事把他找來。他有一種感覺，那男人不在乎自己孩子在學校欺負人，不在乎自己孩子在學校做什麼，不在乎自己孩子是否去學校。男人看他一眼，「不好意思，」男人說，卻看也沒看易凱。「是吳易凱他自己跌倒的！」那孩子還在嘀咕，那男人什麼也沒做，好像他的孩子是一簇空氣，再自然也不過。「是吳易凱他自己跌倒的！」

——還說！

那男人無預警就是一掌。老成的孩子反應也快，一縮頭伸手護臉，彷彿已經演練過幾萬次。但男人的力量還是清楚地從那「啪」一聲中傳來，那孩子當下就閉了嘴，也沒哭。退後了一點，就站在那兒。

他知道男人那一巴掌不是因為孩子讓易凱跌跤，而是其他瑣瑣碎碎的小事：也許是那孩子嘮嘮叨叨令他厭煩，也許是憤怒老師和其他家長小題大作，也許是他剛才來學校的路上紅燈太多。易凱明顯嚇了一跳，臉上的紗布還有一點血跡。他注意到易凱看著那欺侮他的同學眼神變得溫和，他想知道為什麼。

那天稍後他帶易凱回家，在停車場又遇見了那男人，他們沒有點頭，彷彿從未見過。易凱在車上問他：「爸爸，你打過人嗎？」

——沒有，嗯哼，沒有打過小朋友。

——那你打過大人嗎？

——嗯，很久以前的時候。

——打誰？

——一個朋友。

——朋友是像好朋友那樣嗎？

——嗯，算吧。

——如果是好朋友的話為什麼要打他？

他不知道要怎麼回答，他覺得他想說的答案對小學三年級的孩子而言太艱深了。

易凱的臉倒向一邊，細瘦的手腳無力地攤在床上。有那麼一刻他擔心起來，但不安很快就隨著易凱輕微的鼾聲消失了。他帶著剩下的憤怒離開那房間，壓了門內的鎖，大力將房門關上。

他突然想起鑰匙放在易凱的桌上忘了帶出來，電視櫃下方的抽屜還開著，像調皮吐一隻舌頭。

也許他只是想看看一支鑰匙隨意丟在那雜物抽屜裡的樣子，拉開即可看見，那麼輕鬆，無須攻防。有好幾年，他們曾經將易凱房門的鑰匙隨意地丟在那裡。

煮麵的故事

有件事我本來一直沒有告訴任何人：其實阿德並不是我第二個男朋友。

我告訴別人我的第一個男朋友名字叫張介恆，認識他的人都叫他「煮麵」。那是因為在高中唯一的一次班遊時，他用大家烤肉生的火煮了一鍋很恐怖的東西，有剩肉、野菜和吐司麵包，人家問他那是什麼，他笑嘻嘻地說：「麵啊！」然後唏哩呼嚕吃了個鍋底朝天。從此以後，只要誰惹了他，旁邊的人便會說：「小心他煮麵給你吃喔！」

大家提到煮麵的口吻通常是崇拜多於嫌惡。煮麵瘋瘋的，有時候我也這麼覺得。但也因為如此，跟他在一起很有面子。我們的開始沒有什麼轟轟烈烈，就是一起走路回家，然後便牽手了。現在想起來好像小學生一樣。

但是身體歸身體，我們畢竟還是高中生。他爸媽在他唸幼稚園時離異，他跟媽媽住。煮麵媽媽日夜都得工作，我放學後若在他家廝混，獨處的機會太多。我們除了做愛之外什麼都做了，沒有真做是因為當時年紀太小缺乏經驗的關係，試了好幾次都沒能成功。

那是好久以前的事了。到現在我最記得的是煮麵提到他媽媽時的笑容。好像被煮麵媽媽生下來是煮麵這一生到目前為止唯一做對的事，他驕傲的笑容裡還包括了類似「看！這甚至不是我說了算！」的得意，那種「他並沒有被上天遺忘」的神情。

不過在當時看來，煮麵媽媽真是個很好的媽媽。她為了給煮麵一個更好的生活，一邊工作一邊進修，從早到晚忙得焦頭爛額。但儘管再忙每日煮麵媽媽一定會回家陪煮麵吃晚飯。她與煮麵無話不談，又從來不管他。

後來我北上唸大學，我們就淡掉了。

在我二十五歲之前，只交過這麼一個男朋友。

剛上大學時，小蘭、辛辛和嘉禾常會擠在我們小小的寢室裡，爬上我的床，用力捏我的大腿，逼我重複說著我和煮麵之間的故事，尤其不能略過火辣情節。她們總是一面說「然後呢然後呢」，然後尖叫。後來她們自己交了男朋友，情節都比我的更火辣。

對我而言，大學像是昨天才發生的事情一樣。

畢業之後我進了一家專門出版電腦書的小出版社當編輯，在一次電腦展上認識阿德。他是一個工程師，在一間還不算小的半導體公司裡任職。我們之間話不多，阿德當然不喜歡聽煮麵的故事，可是又愛有意無意地問，所以我通常會選擇性地告訴他一些片段。平時我們各忙各的，週末他會過來我這兒，煮宵夜吃然後熬夜看錄影帶。我在台北租屋獨居，房東太太是一個年逾七十的婆婆。

「叫我駱奶奶就好了。」第一次看房子的時候婆婆操著不甚標準的華語[2]對我說，臉上的笑容非常可愛。

這是一幢四樓的透天厝，駱奶奶、駱爺爺和移工[3]琳達住在房子的一二樓，三四樓隔成數間套房出租。我的房間在四樓，出入都得經過他們。和房東同住雖然有點不方便，但因為租金便宜，環境也還可以接受，駱奶奶又非常親切，我沒有理由拒絕。

慢慢地我才知道，駱奶奶的兒子媳婦才是真正的房東。他們五年前買了這幢透天厝，把老媽媽和中風的老爸爸安置在這裡。雇了個移工專司照顧，剩餘的樓層出租，領來的租金老人家直接拿作生活費，為人子媳乾乾淨淨也算盡了供養的義務。

我希望有一天我也能好好照顧我媽，雖然她好像不太需要。她總是憑自己就可以過得很不錯。

駱奶奶喜歡找我聊天，她常說屋子裡其他兩個人，一個有講沒有懂；一個有聽沒有懂，人老了好像除了吃就用不到嘴了。她說的時候還會塞點水果和餅乾給我，好像獎勵我陪她聊天一樣。其實我倒也很喜歡這位瘦小的房東老太太，有時候我回敬她一些自己做的果凍或什麼的，她便雀躍害羞如少女一般，手摀著臉說，幹嘛對她這個老人這麼好，她會不好意思。

她也認識阿德，知道我有這麼一個男朋友，每個週末固定出現。第一次見到阿德時，她還偷偷把我拉到一邊，拍拍我的手說：「著（對）啦，愛（要）交啦，查某囡仔少年時愛交一个經驗，才袂予人騙騙去。」

當然我不曾告訴駱奶奶煮麵的故事。甚至，要不是發生了那件事，我也許永遠也不會告訴阿德，有關煮麵的一切。

那是個週末的夜晚，阿德說他必須加班，可能晚上九點多才會過來。我一個人在家咬著餅乾看電影台，還一度不小心睡著。阿德並沒有如他所說的在九點多抵達，而是快十一點才出現。一進門我就感覺氣氛很奇怪，他不像平常一樣嚷著要洗澡，反倒是丟了公事包一屁股坐在我床上，笑得很詭異。

「笑什麼？」我問。

「有一件很有趣的事情。」他說。

「什麼？」不知道為什麼，我很討厭他那個表情。

「我們部門前幾天來了一批新人，我今天才知道其中有一個跟你同鄉喔。」他說。

「嗯。」我說。

「他姓張。」他說著，直視我的眼睛。

「什麼？」

「他姓張。叫作，張、介、恆。」阿德得意地宣布。

我沒有說話，阿德便自顧自地說下去：

「不過他不是我負責的，所以沒有什麼機會跟他聊天，可是我還是偷偷問了他一個問題，沒辦法，實在忍不住。」

阿德還在故作神祕。

「我只問他說，你高中綽號是不是叫煮麵？」

我瞪著阿德。

「你知道他說什麼嗎？」阿德慢吞吞地：「他說：『你怎麼知道？』」

「然後呢？」

「然後我說，喔，我是大你幾屆的學長，只是你不認識我而已。」

「然後呢？」

「然後我就走啦。」

我呆了半晌，不知道要哭還笑。在這種時候，到底什麼才是恰如其分的反應？我是不是該安慰自己說：「這就是人生啊！」就像大三時辛辛同時和兩個男人交往，突然某一天在東區街上出奇不意地被抓包，回宿舍嚎啕大哭時，我們對她說的一樣。

我不了解，生命中有許多現象常常讓人無法解釋，例如阿德為何會碰上煮麵；例如，為何此刻的我居然平靜一如冬日海洋。

海洋的氣息懸浮在狹小的房間裡，鹹而微腥。我們乾坐在床緣任猜忌由角落包圍，像蛛網蔓生的古屋，搖椅上有一束枯骨，和一個放了學得回外婆家的年代。

外婆住在海口堤防邊的日式平房裡，廣大而空曠的後屋是她的家庭洗衣廠。她靠著替附近的教會女校洗衣服維持生計，主要是女學生的制服衣襪，及兩星期一次的運動服。放學後我從來不由前門進外婆家，因為我知道外婆總在後屋裡洗她的衣服。那兒有外婆、冰涼的石砌水槽、大袋的髒衣服，還有成堆成疊的舊書：多半是教會不要的老聖經，學校淘汰的過期雜誌和修女們從學生那裡沒收來的愛情小說。一直到我上了高中，外婆才准我翻閱那堆書。那時候媽媽很忙，白天上班，晚上則要補習準備國家考試。常常我上學時她還沒起床，睡覺後她才回家，我們母女倆一個禮拜說不到幾句話。

「你吃晚飯了沒？」我問阿德。

「還沒。」

「我也還沒。我們走路去吃清粥小菜好不好？」

「好啊。」他說。

接近午夜的空氣酷涼一如薄荷菸絲，我們悄悄地下樓，像兩尾滑溜的魚，無聲游過轉彎再轉彎的階梯，深怕驚醒暗黑中安詳優雅的一切。二樓駱奶奶的房間已熄燈，一樓客廳左側有拉上的摺疊簾幕，我知道在那後面是中風的駱爺爺和琳達的單人床。塑膠簾幕底流瀉幽微夜燈，偌大的客廳彷彿靠著唯一的光源呼吸，吞吐中有股伴生的隕落氣味。

躡手躡腳地關上門，我和阿德牽手走在冷清的大街上。

「我有跟你說過我外公的事嗎？」路燈拉出我和阿德長長的影子，我搖著他的手問。

「有啊，他在你高中的時候過世了。你說你每次半夜出來吃宵夜，看到一樓客廳的小夜燈就會想到他。」阿德說。

「嗯，對啊。」

「怎麼了？」

「沒什麼。」我說。

外公在肺癌最末期時搬回家裡，由我和外婆和媽媽輪流照顧。夜半不能眠，我常常在他病床邊就著小燈看一堆從後屋翻出來的羅曼史小說度過。

清粥小菜店裡寥寥幾人，阿德吃得很專心，不再提到煮麵。我看著他，覺得自己一點都不餓。

吃完東西散步回家時已經將近凌晨兩點。空氣恍惚帶有水氣，涼而且寒。我們緊緊攬著對方，一路喃喃懷念房間裡的大床。回到透天厝門口，才發現大事不妙。

不知道什麼原因，我們被反鎖在一樓的大門外。

也許是剛剛才回家的三樓房客不小心，也許是我和阿德自己搞的烏龍。

我試了每一支鑰匙，冷冰冰的鐵門怎麼樣就是打不開。月亮坐在樹梢，我們掛在街頭，想想除了打電話拜託駱奶奶或琳達來開門之外似乎別無他法。吵醒她們不是我願意，凌晨兩點實在是有點晚，尤其對早睡的老人家而言。

「你的鑰匙再借我一下。」阿德說。

他不信邪地試第兩百八十次，弄得鐵門喀啦喀啦響。我則在門縫中小聲地叫著「駱奶奶」，好像這樣就能彌補一些什麼似的。

突然鐵門鏘啷一聲地開了。

在很多年以後，我仍舊會記得那晚駱奶奶在開門前，貼在鐵門縫後那雙小小的眼睛。那是一雙絕望的眼睛，眼角混濁著衰老，害怕、不信任和更深沉的，我不了解的複雜情緒，彷彿門外的凶神惡煞要奪走的是她僅存而賴以為生的東西。我和她間隔鐵門相鄰僅一掌，但那距離在她尚未認出是我的幾秒鐘裡，彷彿有一世紀那麼長。

我一進門還沒來得及道歉，她便緊緊抓著我的手臂，拉我往簾幕後走去，嘴裡喃喃唸著：「失禮啦失禮啦，我毋知是你……你來看，你看……」

她將簾幕「唰」一聲拉開，我終於知道是什麼讓她如此驚慌。

琳達的單人床上空無一人。

駱爺爺獨自躺在一旁的病床上發出輕微的鼾聲。我看到人的皮膚在暈黃的夜燈下呈現淡淡的橘色。駱奶奶用台語混著華語氣急敗壞地告訴我，她是半夜起床要倒水喝時才發現琳達不知道什麼時候不見了，「一定是走去隔壁工廠揣(找)伊菲律賓男朋友耍(玩)啊。」駱奶奶說。夭壽喔，誰知道這是第幾次了，今天才教人發現。老人家氣得半死，心裡又害怕琳達招來一群朋友，也許陌生人要偷她東西也說不定。她老了，不會記得家裡究竟丟了什麼，疼惜中風的老伴夜裡居然沒人看顧，而她自己又力不從心。最後她只好把大門反鎖，一個人孤伶伶地拿著掃帚坐在黑漆漆的客廳中央，不敢睡也睡不著，直到聽見有人在門外喊她「駱奶奶」。

「哪有人遮爾(這麼)夭壽，半暝囥(放)一个中風的老大人孤身佇遮(在這裡)無人顧。」她輕撫駱爺爺的額頭，傷心地說。

我握著她皺紋滿布的手，帶她回到樓上的房間。答應她我和阿德今晚會在客廳裡幫她看著駱爺爺，萬一有壞人我們便打電話叫警察。

「你放心啦，阮是少年人。免驚喔。」我說。

我看著她上床。關燈前她仍不斷地說「謝謝」，我只好不斷地說「不會」。

帶上駱奶奶的房門，我回到客廳，阿德站在駱爺爺床邊出神。

「我從來沒有這麼近看過一個生病的老人。」他說。

我站在他身旁看著駱爺爺，彷彿回到高中。

「我想告訴你一件事。」我說。

「什麼？」

「其實根本沒有煮麵這個人。」我輕輕地說。

「什麼？」他不解的樣子彷彿完全沒有聽清楚我說了什麼。

我將阿德拉回客廳的太師椅上，在那個沁涼的深夜，一五一十地告訴他整個「煮麵的故事」。

我高中的時候，隔壁班有一個人叫張介恆，極有可能就是今天你公司裡的那個菜鳥。他的綽號叫煮麵，至於他為什麼叫煮麵我不知道。他是我同學的朋友的朋友，以前大家會一起打排球。高中三年我們說過的話大概不超過三句。

上了大學，開始有人問我有沒有交過男朋友，我說有，一開始只是一個衝動，我想塑造自己複雜一點、成熟一點的假象，也想試試看能編出什麼樣的故事來。撒謊要與事實結合才能說服人，我憑空捏造了「第一個男友」之後，每向別人敘述一次，就會幫他添添骨頭加加肉。他像我經營的一場事業；一棟向上搭疊的積木城堡；也像一朵別在胸前，維持日常愉悅的小花，我常常講著講著就高興起來。有時候我也把自己的親身經歷加進去，例如我高中真的只有一次班遊，也真的有個同學用大家烤肉生的火煮了一鍋亂七八糟的東西，只不過那同學是個很有趣的女生，我還記得她是康樂股長。借用「張介恆」這個名字因為他的綽號很有趣，所以印象比較深刻。我和他不熟，也沒有暗戀過他。

阿德怔怔地看著我。

因此，真的有煮麵這個人沒錯，但「我的第一個男朋友煮麵」則從來沒有存在過。

「那你以前說的那些有關煮麵有的沒有的——」

「我掰的。」

「可是那麼真！還有他媽媽，還有你生日的時候他——」

「都是掰的。」

「可是小蘭還有辛辛他們都說——」

「我上大學就開始掰了。」

「不可能！」

「不信你去問你公司裡的那個煮麵。」

「可是還有你們上床的那些——」

「掰的。」

「……」

「……」

「……」

「你小時候一定看了很多言情小說。」阿德最後悻悻地說。

「嗯。」我笑了，低頭看見無眠夜裡老人凹陷的雙頰，感覺有點想哭。

我伸出手摸摸阿德的臉。

終於，「煮麵的故事」在那一個晚上正式劃下句點。除了阿德，我沒有對誰多作解釋，甚至自己。那晚之後認識我的朋友都說，阿德是我的第一個男朋友。在小蘭和辛辛她們眼裡，煮麵仍是她們懵懂少女時，真槍實彈火辣片段的男主角。對我而言，整件事情很奇異的部分是，當我告訴阿德其實他才是我第一個男朋友之後，我和煮麵那一段——甚至羅織其中的真實——竟在我的記憶中一點一滴模糊了。我再也不確定我高中時到底有沒有去過所謂的班遊，如果有的話真的有誰煮了一鍋東西嗎？那鍋東西裡頭除了剩肉和麵之外還有些什麼？他第一次吻我時有將手伸進我的內衣裡嗎？我分不清我們第一次裸裎相見的那晚外面是不是下著大雨？他是否說過「我愛你」呢？他比我高半個頭還一個頭？他爸媽有離婚嗎？甚至，他是叫張介恆還是張恆介？

然而最神祕的，還是在那段不曾存在的過去逐漸消失的現在，我卻依然清楚記得煮麵提到煮麵媽媽時的笑容。那笑容即便貼在一張我只講過三句話的人臉上，也熟悉一如我的兄弟。正因為如此，當阿德半開玩笑地說那天乾脆找煮麵一起吃個飯時，我瞪著他說「你敢！」說得比什麼都認真。

也許是深怕一旦真的見到煮麵，我連那笑容也將失去。

2 編注：本篇為作者二〇〇〇年完成作品，舊版用語為「國語」（木馬文化，頁七十八），然時空轉變，二〇二五年版循當今語言共識，修訂為「華語」。

3 編注：同上。舊版用語為「菲傭」（木馬文化，頁七十八），新版循當今稱呼外籍勞動者之語言共識，修訂為「移工」。

慢房子

女孩按了門鈴後趕緊將手插回口袋。空氣冷進骨子裡，等待蘇阿姨來開門時女孩呼出好幾口白煙。裡門開了，蘇阿姨從鐵門縫往外瞧，似乎不太確定是她，這也是沒辦法的事，女孩穿了兩件外套，還戴了毛帽子，身體看來大概是平常的兩倍寬，臉也遮去一半。

「蘇阿姨好。」女孩說，又哈出一縷白煙。

——哎哎，快進來快進來。

女孩進了陽台，用左腳踩了右腳鞋，又用著毛襪的右腳踩了左腳鞋，脫完鞋閃進室內，雙手還是插口袋裡不捨得拿出來。

「好冷喔。」蘇阿姨說。

對啊。

蘇阿姨的家不大，約莫二十坪左右，一進門整個室內便一目了然。蘇阿姨手巧，從小地方可窺得端倪。客廳到廚房的走道牆上掛著三束巴掌大的乾燥花，花雖同種但長度與顏色皆不同，漸層排列起來有股乾淨俐落的風格。客廳四處可見精巧別緻的小擺飾，東西多得有點擁擠了，倒也給人一種溫暖的感覺。

蘇阿姨穿著貼身的奶油色線衫與及膝的灰褐絨布裙，她撿起沙發上的大衣，一邊套上一邊對女孩說：「多多在房間裡，剛還在看書，應該看累了就會自己睡了。」她翻出大衣衣領，指尖上玫瑰色的蔻丹與她的唇色很相配，「廚房留了燈，瓦斯爐上有我們今天晚餐吃的雞湯，你如果餓了可以自己熱來吃喔。」

「嗯。」女孩看著她：「謝謝蘇阿姨。」

現在蘇阿姨已經準備好，隨時可以出門了。某種動物的皮毛在她頸子邊圍了一圈，使她看起來有點像女孩上禮拜給多多唸的圖畫書裡那隻蜂后媽媽。客廳角落罩燈透出的昏黃光束描繪她身體曲線，發出薰暖霓虹。女孩轉頭看向廚房，抽油煙機在那方向孤單亮著，小燈朦朧朧暈照廊底，盡頭那閣上的房門下也露出一抹黃，彷彿回應廚房及客廳裡微弱的光亮，卻突顯這屋子大部分的暗囿模糊。那是多多的房間，看來他還沒睡。

蘇阿姨經過女孩身邊的時候，女孩聞到一股淡淡的桂花香。其實女孩對香味什麼的並不專精，連一般常識都談不上，只是桂花是她母親最喜歡的味道，所以她特別認得。他們這年代的城市小孩根本沒有什麼機會認識植物，女孩記得她對母親的鼻子感到驚奇，母親能光靠氣味分辨出梔子花與茉莉花的不同，女孩訝異母親在知識上也有強過自己的時候。

蘇阿姨在陽台上穿鞋，她選了一雙小跟的尖頭鞋，淡紫色麂皮鑲面，女孩看過那雙鞋許多次。蘇阿姨細白的小腿肚看來很單薄，不過她應該穿有絲襪，她那樣外表的女人穿裙總要穿絲襪，如果你問她們，她們會說：「那是一種禮貌。」

蘇阿姨大概比女孩母親還小一輪，只是女孩印象她生活得更老些。她的屋子，她的打扮，她說話的方式，她的微笑。如果不是親眼見了，女孩很難想像她是個單親媽媽。

也許那不是她選擇的。

多多快六歲了，明年就要上小學。多多很害羞，到現在女孩每個禮拜三晚上固定出現已經近三個月了，每次見面她還是得從頭跟他熟一次。

每個禮拜三晚上女孩大約八點到蘇阿姨家，如果多多沒有睡著，她就必須跟他打交道。通常八點半之前女孩說話他不應，約莫九點的時候他會開始問女孩一些問題，像是「姐姐你會不會翻跟斗」或是「姐姐你知不知道什麼熊沒有脖子」，九點半不到他開始打呵欠，女孩讓他上床睡覺。有時他會要女孩唸故事書給他聽，女孩就唸了。蘇阿姨會在指針剛過十二點時進門，給女孩裝在信封裡的五百元，然後女孩便走路回家。

不過大部分時候多多在女孩來到之前已經睡著，女孩喜歡那樣，事情簡單多了。

女孩與蘇阿姨住在同一個社區裡，從蘇阿姨家走回女孩家只要下個樓梯穿過中庭再上樓，不花兩分鐘。一開始她常在放學回家時遇到牽著多多的蘇阿姨，她會逗逗多多，偶爾跟蘇阿姨聊些天氣或學校之類的事。然後有一天蘇阿姨突然問女孩願不願意固定禮拜三晚上幫她看小孩。

什麼都不必做一晚領五百塊錢算件滿肥的差，女孩覺得。

女孩不清楚蘇阿姨禮拜三晚上固定上哪兒去，蘇阿姨從來沒提。看她的模樣女孩直覺是去會情人，念頭一扯，蘇阿姨那樣正正式式的女人大概去哪兒都會認真裝扮，有時候她帶多多在樓下中庭玩耍，穿著雖然簡便也是看得出來經過打理。女孩又不確定了。

蘇阿姨離開之後，女孩在沙發上坐了下來，她拿起茶几上的陶瓷小貓放在手上，又輕輕地放下。她覺得蘇阿姨應該養貓，這屋子就那氣氛，該有一隻恬淡自適的老貓偶爾鬼魅般出現，喵嗚一聲。她看了看牆上的鐘，八點三十六分，她打開電視，將音量調到最小，靜靜地看了一會兒連續劇，九點十三分，她發現多多的門縫暗下，多多睡了。

女孩拿出手機撥電話。

——喂，上來吧。

女孩無聲地按開樓下大門，躡手躡腳到陽台上拉開鐵門鎖，男孩出現了，他帶來許多冷空氣，雙手像十枝小小的冰棒。

「噓，快進來。」女孩握著男孩的手。

他們一起坐在沙發上，男孩的手放在女孩懷裡暖著。女孩將電視音量調高一點，剛好夠蓋過男孩刻意放低的嗓音。

——外面好冷喔。

——可憐鬼。

——為了要見你呢。

女孩伸過頸子親了男孩一下，男孩的唇還沒熱起來。

——你想不想吃熱雞湯？

——哪裡有熱雞湯？

——廚房裡。

「我可不可以吃饅頭？」男孩促狹盯著女孩胸部。

女孩瞪他一眼，卻吃吃地笑了。

女孩放開男孩的手，站起來，男孩也跟了上去。他們摸黑穿過玄關，踮著手腳一起往抽油煙機的光源走去，好像那是一座燈塔。女孩站在瓦斯爐前面，打開鍋蓋，雞湯上結了一層白白的油霧，她找來調羹攪拌，調羹也細碎沾上幾片白霜。雞肉與枸杞從軟軟的湯凍裡露出臉，「要不要？」女孩問站在他身後的男孩。

「好，」男孩抱住女孩的腰：「老婆。」

女孩抿著笑在嘴裡，轉開瓦斯爐開始熱湯。她攪拌鍋裡的東西，男孩在餐桌上坐著，偶爾踱到她身旁。女孩的手沒有停過，她喜歡這個動作，她一直攪拌，緩緩地，不想停下來。有時男孩想說話，她便給他一個手勢，「噓——」她指指不遠處廊底的房門，「小孩在睡覺。」她呼著氣說。男孩有時候會故意發出聲音，或試著逗女孩發出聲音，女孩便睨他一眼，也不是頂氣急敗壞地，男孩喜歡這樣竊竊的感覺。

他們一起在廚房裡，站在瓦斯爐前就著小燈等待那鍋雞湯。爐火位置恰恰在他們腰際，讓他們的肚子感到溫暖，女孩有個感覺，她想告訴男孩，她抬起頭，男孩機伶地靠過來摟她。

——我覺得啊，

——嗯？

——這湯熱得好慢。

——火轉大一點嘛。

——不是那個，你知道我家的瓦斯爐，也是一樣，同一家廠商裝的，

——嗯？

——如果是我家啊，

——嗯？

——應該早就熱好了。

——是喔。

——我覺得啊，嗯，是這個房子的關係，

——嗯？

——這房子好慢。

——嗯？

男孩皺起眉頭，女孩覺得自己說的話似乎怪怪的，但那確實是她的感覺，她不好意思地笑起來，男孩覺得這樣的女孩很可愛，也就忘了她剛才說什麼了。

吃完雞湯他們回到客廳，晚上十點過五分。電視上播著日本的綜藝節目，男孩的唇與手都熱了，急切地伸向女孩。他們在沙發上親吻，女孩感到男孩的手鑽進毛衣底下捏著她，她覺得此刻男孩的手比自己的乳房還暖和。女孩想看鐘，男孩的臉一直擋著她。十點十一分，男孩的頭移到她胸前，女孩脫下毛衣，男孩也解開自己牛仔褲上的鈕釦。

「我們去床上，」男孩喘著氣，「要不要？」

「房間門鎖著。」女孩說。

——你不乖喲，那麼清楚？

女孩皺皺鼻子笑了。

「在哪裡？」男孩問。

女孩指指電視旁一塊凹進去的小空間，那兒有一扇門。

男孩頂著鬆敞的褲頭站起來，輕聲走過去轉動門把，門「喀」地一聲開了，男孩臉上有種得意的表情。女孩驚訝極了，門竟然開了！蘇阿姨忘了鎖門！男孩向女孩招招手，女孩捏著腳尖湊上去。

男孩在房門邊找到開關伸手一撥，一盞像客廳角落一樣的罩燈在房間角落亮起，照著臥房中央的大床。大床左邊的木製梳妝檯邊緣乾淨閃耀，房間裡傳來一股奇異的香味，女孩又聞到桂花，還有一些別的。女孩走到梳妝檯前，看著鏡子上臉色潤紅的自己，她注意到鏡裡的桌面站著一支口紅，她撿起口紅轉開，仔細看著那顏色，她想起蘇阿姨今晚出門前的唇。

男孩從後頭親吻她，他們一起羽毛般落在床上，沒有發出任何聲音。蘇阿姨的床柔軟一如她想像，床單是誘人的酒紅色，女孩伸手抓著床單，覺得很性感。男孩壓在她身上，她稍微仰起頭，視線穿過敞開的房門然後玄關直至廊底，廊底有一扇門，「小孩在裡面睡覺，」女孩想著這件事。她將眼光移回玄關，看著牆上的對講機。那對講機接連樓下大門，如果亮了紅燈就表示有人開門、進樓、回家。她躺在酒紅色的床上，一下子看著多多的房門，一下子看著遙控大門的對講機，一下子看向身上的男孩，覺得自己既危險又安全。

男孩很專心，他的睫毛微微顫動。「他很敢，」女孩想起上一個男孩，上一個男孩有雙咕嚕咕嚕轉的膽小眼睛，他們只在蘇阿姨客廳的沙發上親熱，風一動玻璃窗那男孩就疑神疑鬼地抬起頭來。

真好玩，女孩想，如果等一下有機會，她要好好看看蘇阿姨的臥房。

突然女孩發現暗黑的玄關牆上對講機的紅燈不知道在什麼時候亮了，她記起最後一次看鐘是十點十一分，直覺不可能是蘇阿姨。三個月來蘇阿姨從來沒有在午夜前回來過，但她還是推了推男孩。她看見男孩褪去牛仔褲的雙腿陷在酒紅床單裡像解剖檯上發白的趴蛙，她突然懷疑起自己的感覺。

時間過去了嗎……

男孩尋著女孩目光看向對講機，當女孩確定她聽見的是蘇阿姨的麂皮尖頭鞋緩慢而堅定地敲著一階一階的水泥石子梯時，他們一起跳起來，女孩衝回客廳裡胡亂套上毛衣，男孩拉起褲子往玄關跑，隨即又旋回客廳抓起他的外套，當他打開通往陽台的玻璃門時女孩從後面拉住他，「不行！」

她搖著頭指指陽台上的鐵門，他們同時清楚地聽到那「喀、喀、」的腳步聲在大樓樓梯間裡盪著，一響大過一響。

就在門外了嗎？

「裡面，」她指指房子，「躲起來！」她用力噓著氣說。

男孩一下子慌了，他轉頭往屋子內跑，「等一下，」女孩又拉住他，撿起陽台上男孩的球鞋塞到他手上，「躲哪裡啊？」男孩抱著自己的鞋問。

——隨便！

女孩輕巧迅速地拉上通往陽台的玻璃門，站在玄關環視室內，她跑回客廳，帶上蘇阿姨房門時她瞥見男孩正抓著鞋爬進蘇阿姨床底。房門闔起前女孩反手撥掉了燈，她在客廳裡，站著，聽見陽台上的鐵門鎖發出喀啦一聲。她轉頭看見牆上的鐘，十點十九分。

——蘇阿姨！

女孩輕聲地說。「欸。」蘇阿姨對她微笑，拉上玻璃門。蘇阿姨的頭髮看來有點蓬鬆，口紅的顏色也沒有出門前鮮豔了。

——今天比較早喔。

「對啊，」蘇阿姨說：「你也可以早點回家休息。」

——嗯。

女孩開始穿起外套，她暗暗順了順裡頭的毛衣，戴上毛線帽。蘇阿姨從皮包裡抽出信封，「多多有吵你嗎？」

——沒有，他一直在房間裡面，沒有出來。

「那就好，」蘇阿姨笑了：「這是今天的，謝謝你。」

——不會。謝謝蘇阿姨。

女孩在陽台穿好鞋，拉開鐵門。

「阿姨，」女孩轉過身，她的眼光透過半開的玻璃門，對站在玄關看著她的女人說：「我覺得你今天很漂亮。」

女孩走下樓梯，她的球鞋一口一口啣住水泥地不讓她發出任何聲響，她就著樓梯間的小燈打開信封，裡頭還是實實在在的五百元，她覺得自己似乎占了便宜，有一點心虛。信封上有股淡淡的香味，讓女孩又想起蘇阿姨那房間。

口紅蓋子蓋上了嗎？放回梳妝檯上的口紅是否記得立好？弄皺的床單撫平了……但廚房的碗洗了沒？自己剛才有喝雞湯麼？她相信她洗了碗，她舔舔嘴唇，卻不太確定那滋味是她的或是男孩的。

其實她有點慶幸蘇阿姨在那時候回來了，因為今晚她並不想做愛。她覺得那房子不適合做愛，尤其是跟一個男孩。她有點羨慕男孩，她也想知道蘇阿姨在床底放了些什麼，還有在暗黑中，一個人躺臥那裡的感覺。

不是我決定的事

我在馬克家遇見她，她坐在馬克客廳的沙發上，整個身體蜷成一團那樣靠著沙發的左邊把手，她身邊的位置給人一種很舒服的感覺，她在抬起頭的那一刻有了名字。「反反，」馬克給我一個眼色：「這是我朋友小喜。」

反反偏著頭對我笑，「嗨。」我說，走到桌角撿起一包剛拆的菸，點一支抽了，抽的時候林妮在我身旁坐下來，「你好不好啊小喜。」「還過得去囉。」林妮看來瘦了。

「你見過反反了嗎？」

我看向沙發的左側。反反正看著廚房。馬克在磨咖啡豆。門口的電鈴和敲門聲一齊響了起來。我點頭的時候林妮跳起來。林妮啪答啪答跑過去開門。反反回頭。反反看見我看她。門大開。隨即我們被人潮沖散，一整個晚上再也沒有相遇。

隔天我打電話向馬克打聽她，馬克說她是林妮的朋友，好像曾經是很好的朋友，只是許久沒聯絡了，不知道為何這兩天跑了來。

「他說他想避一避，哎呀，反反就是這樣啦。」林妮在一旁對著話機大喊。

「讓我和林妮講吧。」我對馬克說。

林妮告訴我，叫反反因為她英文名是個F開頭的字（我記不起就沒記），這女人外表悶悶淨淨，卻不吭聲幹了許多讓他們瞠目結舌的事，反反也不說，那些事都是他們察言觀色或從外頭聽來。問她微笑是默認，搖頭就沒有。反反不說謊，反反只是不說。

「你們這樣還叫好朋友嗎？」這實在跟我認識的女性友誼差太多。

「可他就是有本事讓大家喜歡他啊。」林妮說：「現在你知道他叫反反叫得好了吧？」

我想我從看到她坐沙發上那一刻就明瞭。

我是打頭頂到腳底相信一見鍾情這回事的，因為我遇過十七次，而我才二十三歲。但我也打腳底回頭頂相信，一見鍾情這事需要年紀全力配合。這麼說吧，我的第一次是幼稚園時那位小雞班教室裡第一排靠窗的女生，為了經過她窗前我總是在課堂中舉手要上廁所，那也是我第一次了解自己原來也有心機懂算計。接下來十二次全發生在國小六年裡。國中三次，高中一次。這樣一估，我突然對自己感到惶惶恐恐，那線掉得太陡，再下去我的一見鍾情值將在二十三歲時到達零，並在二十四歲朝負數邁進。負數的話會否等同於有女孩將對我一見鍾情？我這樣想的時候覺得自己真是一點也不幽默，何況我還是比較喜歡主動去喜歡一個女孩。我必須要說，我不濫情，每一次都是真的，那些女孩總是那麼特別。可「特別」這詞用在人身上總是特別濫情，無奈關於我和反反之間，也只能用這樣的陳腔俗調一言以蔽之。如果你覺得我對反反的形容太小說，大抵也是因為我太喜歡她的緣故。

反反告訴我，她一開始並不喜歡我。「我是逃到林妮那裡去的，不是你。」她還怪我「啪」一聲就出現在馬克家並決定對她一見鍾情根本是「莫名其妙」，害她一點參與感也沒有。

「那不是我決定的事啊！」我叫道。

「不是你是誰？」她大怒。

這真是個好問題，我也想知道答案。

但不管答案是什麼，反反總是我的救命恩人。她只消在我橫座標二十三上頭的沙發裡坐著睨著我笑瞅了我一把，便「咻」一聲將我從沒血沒淚的無感地獄前拉了回來。

不喜歡《麥迪遜之橋》的人會說我和反反之間橫豎是個悲劇，然後拒絕再看第二遍。沒人在乎我為了那不知道到底是誰做的決定而義無反顧地跳入並演完一部因過悲而大紅的片子需要有多麼偉大的情操。不斷地詢問我故事細節的只有兩種人，一種當然就是會反覆觀賞《麥迪遜之橋》的人，另一種則是色情狂。

我和反反見第五次面時就要做愛，第六次見面後就每天都見面，見了面就只做愛，一直到她離開。所以到現在我還是不太清楚我是怎麼度過那兩個禮拜，大概就是陰莖不斷地勃起疼痛勃起疼痛再勃起，心則是砰砰砰砰跳個不停，日以夜繼。這又是一個不知道誰做的決定，決定我光是遠遠看她在大太陽底下瞇著眼等待我出現就要勃起到無法自制，恨不得當場將她放到馬路上、欄杆上然後激烈地做起來。跟反反一起時整個城市變成巨大的賓館，十字路口彷彿鹵素燈泡下的柔軟床墊，地下穿越道平台像陽台，安全島候車亭海報窗是浴室桌椅梳妝鏡，街角則隨時擺有大型鋁製垃圾桶準備承受使用過的保險套及衛生紙團。我頂著灼熱的陰莖像頂著烈日的旅人，只想載著反反在這樣惡劣的環境下尋找我們可容身可相擁的陰涼之地。其實這樣的心情是極荒謬的，或說根本故事的基調及細節一切都荒謬一如她的名字——這可再從我打了那通電話說起。

反反一開始不喜歡我，所以當然都是我打電話給她。聊天時她總是笑，約她她就實實在在拒絕，毫不猶豫沒有遲疑。「為什麼不跟我出去？」不知道第幾次我在電話裡約她出來遭拒後問起。「因為你喜歡我。」她說。

「那你不喜歡我嗎？」我涎著臉問。

「不是那種喜歡。別人喜歡我，我喜歡別人，不可能喜歡你。」
「所以我只是個有趣的朋友。」我尾音上揚。
「是啊，很有趣。」
這可真明白，而我也不是個傻子。於是一個夜晚我在吃了一碗當歸鴨麵線後站在街頭一輛掉了一隻耳朵的摩托車旁憑著一股衝動便打了那通電話。
整通電話的大意是當一個有趣的朋友很無聊，我可以很喜歡她但不要再和她聯絡。「我了解了，」她說：「再看看吧。」
五天後她跑到我公司樓下打電話上來，我們見了自馬克家沙發之後的第一次面。後來我發現「再看看」是反反口頭禪，而她通常在說這句話之前早悄悄決定了一些事，偷摸地連她自己也沒有察覺，那通電話裡亦不例外。

頭幾次見面我們不外吃飯，我嘴巴壞是出了名的，好多次我在餐廳裡盯著她臉直瞧，胡說八道了一番，像是她臉大眼袋明顯牙齒奇怪頭髮怎麼盡遮頰之類的。「怎麼不討論你的臉？」她又大怒。「我自己的每天看看二十三年都膩了，我不會說給你說。」我回答。

這麼一來她又不說了。

我願意花許多時間來聽反反說話，可惜比起我來她話少，若是說了也是我快要不敢聽的那種。她嘴巴其實比我更壞。

前四次見面我總是有一搭沒一搭地說著曖昧模糊卻又再清楚也不過的事，她都用決斷的方式抵抗我，在那樣的拒絕下說真心話的人頓時成了一個老愛在嘴上吃人豆腐的敗類，只因為我表達自己和掩飾自己的方法是同一套，而這也是我的悲哀。

如果帳單尾數是偶數你就欠我一個吻。「你欠我好幾個吻了。」我說。

「你夢到的嗎？」她將一半的錢推到我面前。

約莫情形就是這樣。

她拒絕我的理由是她有喜歡的人，不經意問到她那喜歡的人她又一個子兒都不吐。在第五次見面之前我也不愛問，我知道我不愛聽。可後來我變成了不是我，那樣的問題我仍舊不問，只是許多疑惑暗暗在心底流動起來。

單戀和戀愛最大的不同是水壩牆上鑿了洞，反反敞了心我就潰堤，我們一起成就了我們的戀愛。

第五次見面是一個晴朗的星期六，一大早出發旅行，往大自然走，我們去了海邊。

「伊底帕斯。」反反那天晚上在沙灘上的談話中說了這麼一句。當時她已經坐在我懷裡，並在我的手指下喘息。她主動地顫抖地吻我，我不敢逼取只能模糊哀傷推敲她所指：結局愈來愈明白；答案愈來愈清晰，最初的神諭無可避免，宿命最偉大；愛情最偉大。她必要挖出雙眼作為這故事的華麗謝幕。

是這樣嗎？那我呢？關於我的宿命呢？在那晚我不知道，反反也不會知道，因為我們只顧著感覺自己都來不及。

事情還沒發生的整個下午我們都在冰涼的海水裡，反反怕水噴臉，一再向後跑開，我擋在她後頭像一座山，她轉身就跑進了我胸膛。她總是再甩頭逃開我，遇到迎面的海水又沒轍。就這樣來來回回許多次，她轉了無數的圈，後來她似乎放棄了，靜靜地靠在我身上，只是在看到浪追來時會偏過臉，沒有選擇地看著我並在水花湧上她身體時皺著鼻子發出「噫」的一聲。

黃昏的時候我牽她的手上岸，她軟軟地讓我牽著，但也只是這樣。我們錯過了火車，又選擇回到海邊。夜幕低垂，我們在沙灘上並肩坐下，我靠近她頸邊她突然側過臉來吻我，那吻生猛像是釋放出她抗拒我近一個月來所累積的反動，在末班的火車上我才發現我唇內破了個大洞。

「什麼時候開始喜歡我的？」我在車裡問她。

「第三次見面之後。」她說。

不努力回憶我差點記不起來那是何時那天我們做了什麼事，大概是吃吃飯喝喝咖啡她拒絕我我要無賴嘴皮罷的日常。若說一個人喜歡我而我完全感受不到實在太沒道理，我自忖還不是如此遲鈍之人。

反反想了想說：「我也是後來才知道。」

「為什麼？」

「我發現我寫詩。」

她後來將那些詩全寄了給我，我看了眼淚都要流下來。

海邊回來之後她才開始認真地問我為什麼喜歡她，從這點就可以看出她資質之好，熟稔人情世故又無邪，了解而不賣弄。我說有可以量化及無法量化的理由啊，她說那說說可以量化的吧，於是我一個一個地說了，她每聽一個就攀上我頸子親我一下，簡直像隻無尾熊，我禁不住激烈的勃起，她則任我用沒握方向盤的手伸進她衣裡撫摸她的乳房，那是在我的小車裡，我們正要前往某間還不知名的旅館途中。

其實上述大抵也就是接下來時間的縮影：我們無時無刻不在前往某還不知名的旅館途中，她無時無刻不像一隻無尾熊攀上我身體，我無時無刻不勃起，她無時無刻不坦然接受我。

我跟反反做了無數次的愛，每一次都像沒了明天那樣賣力。不用語言，從頭到尾她都讓我清楚明白她將離開是一個無法改變的事實，我有時在嘴上涎著臉，但在那短短十幾天裡哀愁的預感一刻也不得閒，我身體上及心靈上的負荷儼然達到極限，於是她領出了一個我從未熟悉的自己。因為能被美好的反反絕望地愛著，因為我能以將要死了一部分自己這樣的心情來愛她，因為不可避免的哀愁預感，我變得迷人。

生活中反反暫住在林妮和馬克的公寓，這期間我幾次打給馬克，他們似乎什麼都不知道。「你還有打電話給反反嗎？」林妮問我。「有啊。」我說。「她很忙耶，每天都出門。」林妮說。
「你為什麼要逃到林妮那裡？」我問反反。
「因為我準備要結婚了。」
在後來的日子裡，我恨極每一本廉價的三流愛情小說和每一齣矯情淒美的戲，我和反反的愛情那麼偉大，無奈一拿出來形狀長得跟那些東西全然是一個模樣。
「不要結婚。要結跟我結。」我說。
「不要。」
「為什麼？」
她不說話了，回去寫了封信在電腦上寄給我。
「兩人粗糙的日常生活只承載了熱情消褪的訊息，我不要跟一個我會生出熱情的人過生活。我不了解我的潛力，但我已經放棄對自己感到新奇，所以我從一開始就放棄你了。」

「我覺得，人與人的關係好像一個獨斷侷限的小小迴圈，在認識你的好久好久以前，我早死過一次，該你也死一次吧，你會變得像你所說的我一樣美好。如果這一切都沒有磨掉你對自己潛力深度的好奇心，我想你的故事一定會有個比我更精采的結局。」

「我逃到林妮家，是為了要躲避那老想著要遇到一個人的騷亂感，我的心還沒死透呢。後來我才知道那是避不了的，避的方法就是把他填滿，然後我遇到你了。謝謝你。」

或許兩人的粗糙日常不會只承載熱情消褪的訊息；或許她應該試著跟一個她會生出熱情的人過生活；或許她其實明白她的潛力；或許她不該放

棄對自己感到新奇；或許她不該放棄我；或許人與人的關係並不是個獨斷侷限的小小迴圈；或許認識我的許久以前那一次她並未死成；或許我不該因此也死一次；或許我永遠無法變得像她一樣美好；或許我的故事根本不會有比她精采的結局；或許她逃到林妮家是要激起那老想遇到一個人的騷亂；或許她的心本已死透，而唯一的方法就是由我將她喚醒——

那又如何呢？

我想把這些漂亮話撕碎搗爛丟到萬年腐臭的下水道裡，卻只能覷眼坐對一台螢螢亮亮的電腦飛了魂魄。

熱可可與礦泉水

那時我正要沖一杯熱可可。我關掉瓦斯爐上嗶嗶作響的鋁壺，突然聽到電話鈴聲。她的聲音因為手機傳訊不佳在電話裡聽來不甚清楚，大概的意思是她現在心情不好想找我聊聊，她正開車過來。

她心情不好的原因我約莫有點底，這已經是她這個月第三次找我了。不過前兩次都是在電話裡，大部分時間是她說，我只是聽。這一次我沒有拒絕她到訪，一來因為電話裡實在太匆忙，說起話來斷斷續續；二來我也好奇事情到底可以發展到什麼地步，畢竟對於他倆之間的一切可能性，我的想像力已差不多枯竭。

雖然這意味著我必須犧牲一個獨飲一杯苦甜熱可可與閱讀那本口吻老練小說最末章的閒適深夜，但我安慰自己也許她帶來的故事會一樣世故。況且，她的語氣聽起來有點不同，好像她不單只要吐苦水，還有些事情她是專要告訴我的。

掛上電話後我打開櫥櫃，拿下另一個杯子。大概是深夜車流不大，二十分鐘不到門鈴便響了，我打開門讓她進來，她握著汽車鑰匙，僅著一件貼身的棉質上衣與牛仔褲，臉色有點蒼白。

我用剛燒好的開水沖了兩杯熱可可。

「嗨。」她說。

「嗨，」我說：「給你，我剛泡的。」

我端熱可可給她，她接過杯子，我觸到她的手，幾隻指尖像我兩小時前丟進微波爐裡的冷凍雞爪。

她用雙手握著熱可可，緩緩地啜飲。一口，過了許久之後，再一口，沒有說話。

我等著。

終於她放下杯子，她看向我，似乎想要開口。

「嗯？」

「我可以問你一個問題嗎？」她說。

「當然。」

「你當初到底為什麼會喜歡他？我是說，我的意思是，他是哪些地方吸引你，讓你願意跟他在一起？」

我記得我與她討論過這個問題，也許她忘記了。

「呃……」我放下手中的杯子，「你知道，他對一些事情的看法跟我認識的人都不一樣，跟我也不一樣，我從沒遇過那樣的人。我們一認識他馬上告訴我他不快樂，我覺得他很誠實……這些聽起來好像很抽象，嗯，其實也有些很具體的地方，比如說，他說話很有趣，他用很多譬喻，我喜歡聽他說話，可以聽很久都不膩。」

她看著我。

「你覺得他是真的不快樂嗎？」她問。

「是吧，那是他那人生哲學的一部分。」

「那你覺得他為什麼不快樂？」

「嗯……他說他是個不容易快樂的人，他有個譬喻你應該也知道，他說就好像有人天生喜歡吃大魚大肉，有人喜歡吃青菜豆腐，而他喜歡吃的菜剛好顏色都很暗——」

「我知道——我是問你覺得，不是他覺得。」

「我覺得？」我重複她說的話。

「對，你覺得他不快樂的原因是什麼？」

「嗯，我覺得他，」我想了想，決定這麼說：「他大概不想面對某部分的自己。」

她的眼神閃了一下：「什麼意思？」

我有個奇怪的感覺，好像那是個圈套。但那不大可能，我的圈套早在兩年前就踩過了，那個我至今還吊在那裡，像一隻沒人供養的鬼。

「怎麼了？發生了什麼事？」我問她。

她像是沒有聽到我的問題：「你剛說，他不想面對自己，是什麼意思？」

這不是投桃報李式的對話，我們倆都知道這一點，於是我溫順地回答她。

「比如說，他一面相信孤獨，一面又貪戀伴侶；一邊咒罵沒有夢的中產階級，一邊又選擇變成他們其中一員。他不快樂，因為他一直在躲避那個現實生活的自己，好像在躲他這一生最大的債主。」

比如他那時一面討厭我，一面又愛著我。我在腦子裡說。

「你覺得是他不想面對嗎？」

「嗯……」

我拿起熱可可喝了一口，思考自己要如何拿捏回答的分寸。

「為什麼？」她又問。

「為什麼？」

這應該去問他，我想。

她也拿起熱可可，但只放在嘴邊卻沒有喝。「你為什麼離開他？」她問。

有一刻我幾乎以為她純粹是挑釁，那答案不是我們都知道嗎？但我馬上明白她想要知道的是別的，總是會有一些別的，而也確實有一些別的。
但我仍然說：「是他離開我的。」
她眼神空洞地望向我，好像她看的是我嘴邊脫出的話。
「其實那是時機的問題，」我思考她到底想從我這裡知道什麼，「如果他沒有離開我，沒多久我想我也會離開他，因為——」
這時她彷彿什麼也沒有聽見，放下手中的熱可可，自顧自地開始說起故事來。

○

深夜他們站在打烊的店家前面，他朝她用力說話，她偷偷看著街上偶爾呼嘯而過的車輛，眼神流轉，好像它們每一輛都是她正等待卻又錯過的。

「我不答應。」

「對不起。」

「不要說對不起。我不要你對不起。」

「沒辦法。」

「不要說沒辦法，我最恨這句話，沒有什麼是沒辦法的事。」

「對不起。」

「不要說對不起！」

於是她不說話了。

「不要這樣好不好？我很難過。」

「你每天都很難過。」

「你說這話是什麼意思？」

夏夜悶悶，他手上還拿著稍早在便利商店裡買的礦泉水，說到激動處他的手不自覺地揮動，礦泉水瓶上霧氣溫融的水珠有幾滴甩上她裸露的上臂，她舉起雙手環抱胸前，彷彿專心與他對峙，其實她只想找機會小心不著痕跡地抹去皮膚上的水滴。

「我好累，沒有力氣了。」她不知道同一件事情她要說幾次，但她還是撿起這個話頭。他像塊每天都得用布抹一遍的窗戶。

「我沒有力氣跟你在一起了，就是這樣。」

「不要這樣。」

她稍微移動身體，轉過臉去看著她停在路邊的車。前後方本來停放的車輛都離開了，現在只有她的車孤零零在那裡，就在眼前，伸手便可搆著。

她將左手放進牛仔褲口袋裡撫摸她車門鑰匙的齒緣，那刻紋能帶她遠離此地此人，此刻。

那些水滴。

「你說我每天都很難過是什麼意思？」

「沒有什麼意思。」

「你覺得我的難過很可笑嗎？」

「不。」

「你看不起我嗎？我選擇變成一個庸俗的工程師，我的人生對你來說很可笑對不對？」

「我沒有這個意思。」

「你全身上下都看不起我。」

她很早就知道他對「人生」的看法，現在她有點想知道他對「可笑」這兩字的看法，但她沒有問。

「我要走了，再見。」她說，手在口袋裡握緊鑰匙，那齒咬進她的拇指與食指。

「走啊。走了你就永遠再也見不到我了。」

「不要這樣。」

「你憑什麼說『不要這樣』？你當然希望『不要這樣』，」他的身體動了一下：「但我死了或活著都不是為了要讓你好過。」

我死了或活著都不是為了要讓你好過。她發現這句話就算從上下文中抽出來獨立了也成。

「我要走了。還有，我從來不認為你的人生可笑。」她說，幾乎要將鑰匙從口袋裡掏出來。

「我的人生沒有意義。」

「我知道。」

他一聽到她這麼說馬上抬起頭來，兩眼不可置信地望著她，她發現自己說溜了嘴，但已經來不及收回。

「你知道個屁。」他沉沉地說。

她的手還縛在口袋裡，像個被活逮的小孩。

「你憑什麼說你知道？」他頓了一下：「到底憑什麼？」

然後他不說話了。突然他撇過頭去，吸了一下鼻子，又轉過來面對她。

「為什麼？你有服用抗鬱劑後嚴重噁心的感覺嗎？你有把瓦斯打開又哭著發抖逃出去過嗎？為什麼？你盡情享受你的人生，現在還連我們這種人一點點自憐的權利也要分享，你還認為你能了解我們的悲哀與感受！」

「人生沒有意義，」他一字一字地說：「你什麼都不知道。」

她又感到有冰涼的水沫爬上她的手臂。她起了雞皮疙瘩。

「你走啊。」他輕輕推了她一下：「走啊，回去你的世界。我保證你永遠再也不會看到我了。」

她往前踏一步，她的手無生氣地從口袋裡掉出來，手上握著車門鑰匙。

他從她手上抓過鑰匙，拉她走到駕駛座旁，他打開那車門，將鑰匙插入轉動，車子「嘶」一長聲抖起來。「回去啊。」他說。

她被動地坐進車裡，他用力將車門甩上。她從照後鏡裡看到他踱回她車後方遠遠地站著。他們的目光也許在那鏡上相遇，但也許那只是她的想像。

她坐在那兒，不知道接下來該怎麼做了。她相信他將死去，這兩年的相處讓她有足夠的理由相信他就要死了，她知道的就那麼多。她開始沮喪地想，看來今天還是不行，算了，再改天吧。找一天從頭再來一次，再過一次相似的對白。下一次她會記得要小心別說出「我知道」或「我了解」這樣的話。

她準備伸手打開車門，下車去道歉了。

○

「就在那時候，我從照後鏡裡看到他。」她呼吸急促起來，好像此刻她正看著照後鏡一樣：「你知道他在做什麼嗎？」

我搖頭，但她並沒有注意我。

「他在喝水。」她專心地說：「你相信嗎，我看到他的時候，他已經轉開那瓶水，仰著頭咕嚕咕嚕地喝起來。我可以看到他的喉結隨著水上下跳動，我甚至可以聽到那種開水大口通過食道的聲音，十八元的礦泉水，」

「他才剛說，說，然後才不到一秒，」她看向我：「他在喝一瓶十八元的水。那麼自然。」

「他渴了，」她說：「然後他就喝水了。哈。」

我感覺自己的雙腿非常僵硬。

「我突然覺得好生氣，好生氣好生氣，我從來沒有覺得這麼生氣過，在那一刻我完全不想看到他喝水的樣子，我想要他從我的照後鏡裡消失，所以我倒檔，然後用力踩油門，」

她的聲音戛然而止，她的眼神又落在照後鏡上。

我試著移動膝蓋，但我的膝蓋一動也不動。

「我原本是要倒車的，」她坐直了一點，繼續說：「但我弄錯了，我打成空檔，我太用力了。我聽到引擎空轉的聲音，像一個人在那裡大吼大叫，我被那聲音嚇了一跳。」

說到這裡她停下來，端起熱可可緩緩仰盡，沒有發出任何聲音。

我看著她放下杯子。

「然後我就開車走了，我開走的時候他還在我的照後鏡裡，直到太遠我看不見了。」

她終於看向我。

「我以為，」她說。但她停頓許久，似乎沒有接下去的意思。

——我知道。

我站起來。「你還要再來一杯嗎？」我問。
她的雙眼充滿感激。

你還有感覺嗎

她出門的時候是一個乾淨的夏日夜晚，她注意到樓梯間燈泡四周一隻振翅的蟲子都沒有，模糊的光暈飄浮在空氣中，眨眼就變換顏色。她心情很好，下樓梯時她盡量不去思考自己心情好的原因，她知道還有一段路要走，她要一邊走一邊想，像她從小把蛋糕上水果留到最後再吃的習慣。拉開鐵門，她離開公寓大樓，好像連鐵門也輕了一些。

鐵門的另一邊，她停腳。柏油路上站著，她在等待鐵門關上的聲音。她往右邊看去，盡頭有光，層層堆疊像是通往了天裡，轉頭向左，她怎麼瞇眼也看不清楚遠方。她本能地想朝右走，她想自己倒像隻趨光蟲子。

身後傳來厚重金屬的碰撞聲，鏗鏘。她嚇了一跳，舉步往巷口的方向走去。

出巷口她遇到了大嫂，她沒想到會遇到大嫂。大哥他們住這附近麼……

她還要想，嘴裡已經高興地喊大嫂。大嫂笑咧咧回應。她對自己感到詫異，大概是有記憶以來第一次她居然沒想要躲著家人。

為什麼非這麼想呢？此刻她站在大嫂面前，發現大嫂笑起來真迷人，抿著咬了粉紅的唇，眼眸晶亮，兩頰粉撲，一朵嫩嫩盛開的花。大嫂與她說話，樣子彷彿有點怯生，這感覺前所未有，她以一種新奇的姿態審視大嫂，心噗噗往上爬，停在喉嚨深處跳動。

「對啊。」她說：「我朋友就住這巷子裡……」接著她喉頭搔癢，於是她說了，她稱讚大嫂的模樣，觸肩推肘，親熱舒服就像姊妹。說完她對自己感到一股驕傲，像是她做了一個勇氣的嘗試。

大嫂身後的騎廊下有個好看傢伙，她注意到，那傢伙也注意她。她與那傢伙對視，兩人眼都不眨一下，沒人敗下陣來，她難得如此。她轉回大嫂，後者正叨叨絮絮說著什麼，於是她與大嫂的言不及義成了給那傢伙的表演，她笑得特別精采。

片刻間她知道那傢伙也對她笑，他太可愛，輪廓彷彿幾筆線條勾來，乾淨渾然，單眼皮挺鼻骨，嘴角微彎，戲謔不戲謔，她喜歡那調調。她在心裡竊喜，這傢伙高檔非她範圍所及。「嗨。」他對她做了個嘴型。她今天真幸運。

「嗨。」她點頭像開門，心想如果那傢伙走過來她就要暈過去。

當然她並沒有。她聽到他稱讚耳環適合她，說她可愛。「謝謝。」她只是笑，真正的快樂。她記得自己有個男友，還有個泛泛無所指的詞叫「欣賞」。

「你也很可愛。」她回答。話沒嚥下就出口，無法含在嘴裡。她今天出奇大膽，沒辦法，那傢伙太好看又太友善，教人要出奇大膽的組合。

說話時那傢伙有意無意碰她的手，像是拉她讓行後方路人或路邊機車，諸如此類。她頭抬得老高，感覺自己背脊的弧度，他的衣袖溫柔拂過她腰際，她簡直要叫出聲來。

突然有東西輕輕刺著她腿內，像是褲子布料上的瑕疵，她意識到後開始搔癢難耐，她想進廁所看看到底是什麼，倉皇想前頭應該有麥當勞。

而那兒的確有這樣一間速食店，她急急忙忙卻在門口被拿著墊板別有名牌的工讀生攔下來，是她國中同學。同學高興認出她，她沒說可其實她認不太出那同學了。眼前的長相模糊可以對上任何一張那時期坐在教室裡唯唯諾諾的面容，還有點像臉上長草的米老鼠。如果她直覺是對的話，這同學在那幾年裡非她族類，讀她沒興趣的書，說無聊的話。這同學以前看不到她，現在在這荒謬的場合倒看到了，她想想就有趣。時間打理許多事，她有股衝動想抱同學一下，純粹出於回頭望的愉悅。同學說她瘦了。你也是啊，她說。沒有比此刻更想觸碰那張臉，同學卑微誠懇得讓她想哭，她股間的刺癢感稍稍減輕了一點。

速食店門口的音樂太大聲，她聽不清楚同學說話。空檔裡同學有個表情閉著嘴像是等她回答，她「啊」地一聲，「其實我是來找廁所的……」她附在同學耳邊亂說一通，悄悄像手帕交。同學貼上她的臉說這間店沒有廁所啊，還逗貓般捏她一下。她驚喜，但耳裡話咻咻的熱風讓刺癢感又上來，回去吧，她顧不得禮貌夾著尾巴轉身拚命地走，快回去。

回頭路上一樣熱鬧，迎面的車大燈照得她眼睛睜不開，她興味津津看著眼皮內霓虹美麗的後視，引領的光一直變化色彩。她努力張開眼，很多瞬間她其實不知道自己是張眼閉眼，如果是閉著，不知道睜眼之後看到的又會是什麼。她還是被路上細節吸引，心裡惦記同學、大嫂、那可愛傢伙、和許許多多她認識的不認識的人。只是她知道自己得朝巷子裡一扇銀色鐵門方向去，鐵門在月暈下溫潤含光，沉甸甸像塊心鎮，裡頭有個角落可以讓她好好處理身體當下的不適。

回到巷子口。她朝暗黝的底看了一會兒，在鐵門前停步。她推開鐵門，門內黑壓一片，她抬頭看見來回彎折的樓梯上方有光，聽到厚重的金屬在她身後鏗鏘一響，她沒命地跑了起來。

跑進浴室拉下牛仔褲，她一坐上馬桶身體上的刺癢便消失了。感覺那溫熱的液體緩緩離開她體內，她打了一個哆嗦，發現自己褪下的內褲上一大片濕滑透明的分泌物，她彎下腰，用手沾了點到鼻子前嗅嗅，一點味道也沒有。起身時她順勢將塞入衣領的髮撩出，不小心勾掉了耳朵上的小銀錠。

撿起錠針刺入耳垂，用手拉著像軟軟的小圓麵團，她有種奇怪的感覺，很淺的疼痛。她用指尖試探著，在左耳朵裡碰觸到約食指尖大小薄片狀的痂。找來兩面鏡子來回反射，終於在耳殼內看到一小塊陌生的醜陋傷口，同時也看到在浴室洗手檯前，微張著無血色的嘴極力將瞳孔翻向一邊的無數個自己。

打開門時克磊靠在浴室門外的牆上，感到浴室門大開倏地透出的光他便睜開眼向她張開雙臂像從房間內反湧的音樂。

「抱一下。」他說。

她和克磊深深擁抱，在那三秒裡她越過克磊的肩膀看見暗黑中小媛伏在地毯上，三秒變成了三天。克磊關起浴室的門，她回到床上，倒進阿沙的懷裡。

「你還好吧？」阿沙背靠著床頭附在她耳邊說。

「你看。」她撥開髮露出左耳。

「怎麼了？」

「不知道。」

房間裡太暗，她拉著他的指頭沿著耳殼找血痂，感到他指尖裡血管在她皮膚上隨空氣中的電子鼓聲咚咚跳動。

「什麼東西？」

「好像是菸燙的。」

「是我嗎？」阿沙問。

她聳聳肩。

「對不起。」他說。

「沒關係。」

雖然她不認為那和阿沙有關，而且她也不覺得那是什麼需要感到抱歉的事。

阿沙抱緊她，低頭將舌尖伸入她左耳碰觸那傷口。她同時感到搔癢及疼痛，都很遠很遠。

「你還有感覺嗎？」阿沙在她耳邊問。

嗯？

「要不要吃第二顆？」

「我剛剛有出門嗎？」

「什麼？」

她提高音量。「我剛剛有出門嗎？」

「哈！怎麼可能？你剛剛只有去廁所啊笨笨，」他語帶雙關地曖昧回答：「該吃藥了喔。」

而那算是一個笑話。

她在剎那間感到非常沮喪，有一股衝動想殺死阿沙。

小媛不知道什麼時候爬到她身旁，扳開她弓起的腿坐進她懷裡。她揉著小媛瘦弱的肩膀，一使力，小媛的頭便同軟泥般倒向一邊。阿沙將菸遞給她，她抽了一口。小媛似乎察覺螢光色紅燙菸頭的溫暖，熱感應器一樣緩緩抬起下巴。她將濾嘴插進小媛臉上綻放的洞，小媛深吸一口氣，瞳孔與菸一起亮了，在暗黑的房間閃爍彷彿平安夜裡聖誕樹上搖搖欲墜的燈泡。

她看著浮沉的模糊暈影，什麼都還來不及，奇異的光景便如懸吊的萬國旗一般「唰」一聲筆直優雅地從她腦子裡拉了出來。「聖誕快樂！」她舉起雙手大喊。

「聖誕快樂！」阿沙蹬直雙腿喊完便整個人斜倚栽進床裡。

「聖誕快樂！」房間廁所門口地板的方向傳來克磊的聲音。

「聖誕快樂！」小媛開始尖叫。

沒多久他們就像得了傳染病般一個接一個噗哧地笑出來，應該是因為現在根本不是聖誕節。

我們流汗

我們在流汗。我們在燠熱的夏天見面，白晝街上所有東西都從地面蒸發，溽氣對誰皆是一樣態度。我們徒勞無功地拚命製造一個又一個的印象，但印象馬上也隨著溫度上升，臆測和自度在空氣中擺盪成各種奇形怪狀，留下我們在原地引頸猛瞧，像兩顆褪皮的發芽小豆。

我們去公園吹懷舊的泡泡，泡泡一個接著一個模糊顏色飄遠了，我們扔下肥皂水瓶，想找公共廁所將雙手洗乾淨。一隻瓢蟲停在洗手檯上，我們蹲下來湊著鼻子看牠小翅振振，當汗水沿鼻翼推去，瓢蟲撲撲飛起，所有印象都緩緩離開的時候，我們又熟了一點。

就算是夜晚，就算是騎著摩托車呼嘯過海邊，我們還是流汗。緊跟著摩托車的風訓練出靈敏的鼻子，眼睛則是幾乎看不見。我們嘻嘻哈哈聞過一條條街道，離開海邊我們騎上公路，公路盡頭我們鑽進小巷，小巷的小

巷，小巷的小巷。鬧區氣息漸弱後我們嚴肅起來，味道互為消長，我們專心嗅著。

我們知道今晚我們要做我們的第一次愛了，我們胡亂停了摩托車，摘下安全帽，穿越安靜的巷弄，打開三層的鐵門，跌跌撞撞滾進一樓角落一個兩塊榻榻米大的地方。日光燈管玻玻玻玻亮起，我們席地而坐，環顧四周的樣子好像這是我們第一次來到這裡。時間跟我們一起坐著，汗液是上緊發條的節拍器，凝聚——膨脹——飽滿——答。凝聚——膨脹——飽滿——答。

我們的每一分每一秒都要圓潤結果落地為水，答。

時間沒有過去，時間滑落我們頸項，答。

掉在我們肩膀，答。

描摹我們姿態，滲入我們位置。

與我們一起坐著。

我們禮貌地說了一會兒不著邊際的話，夠了的時候就伸手剝開對方的包裝。汗水浸濡衣料，擠出殘餘的空氣不留一絲縫隙，我們費了好大的氣力才扒下身上遮蔽，露出發亮的皮膚。我們裸身躺成一個房間，關上唯一的窗口。天氣熱得不像話，我們親吻，我們流汗。我們還是流汗，不停地流汗。那汗沒有氣味，不鹹不甜，像溫涼的開水，從我們體表不斷滲出。

漸漸地我們浮了起來。此時汗水在地上蓄積的厚度稍稍小於我們側身，我們感覺自己輕了一些。身體旋轉在地板上拉起小小波瀾，動作安靜只聽見水聲濺濺。我們想抓住對方，無奈汗水讓我們像兩個活結，攀著的手臂老掉到腰際，勾住臀股的大腿直往膝蓋移。我們像滑稽突梯的啞劇演員，想模仿做愛也想模仿共浴，甚至游泳。我們的手腳簡直要易位，汗還是汩汩淌著，我們拉扯頭髮來增加摩擦，我們甚至想穿回衣服來好讓我們有物可抓，只是太遲了，那些布料都泡在一旁角落的汗水裡，濕透了，皺巴巴了，顏色暗去一層，尺寸小了一號，讓人不禁想起十三、四歲時穿的衣裳。我們的努力是那麼徒勞，以至於從遠處看來居然像一場逐漸白熱化的爭執，我們齜牙咧嘴，虛張聲勢！這時候如果有人瞧見我們或聽見我們，恐怕會踟躕是否該打電話叫警察來吧？誰知道我們只是想揪住對方好做個愛罷了。

好不容易，我們像攀岩者固定了支點，手，手；腳，腳。指節相扣，我們以一種深情姿態十指交握，雙腿兩兩對拴好似吃剩了最後一口的麻花捲，在這個姿態下只要四肢稍稍用力距離就可以縮短一些，一架精巧細緻的機械裝置。這樣，框架搭好了，就在那裡了，只有一塊拼圖，對上去就成了。一切都不神祕，那麼簡單，三歲小孩兒都能玩的遊戲。我們想像那滑滑溜溜的一刻，那骨碌一聲，我們簡直要一塊兒唱起歌來。

來了。我們閉上眼睛，來了。我們使勁一騰，突然我們張開眼睛，哎呀！我們叫了出來，怎麼會，我們，有這種荒謬事——夏夜的汗流進密室的汗流進我們興奮的汗，那天時地利人滔滔匯集的足以騰升我們離間我們又讓我們十指緊密相嵌的大水，居然繞過了那塊地方！在這裡，就在我們抱成的浴缸內，那裡，那裡怎麼樣都像一塊燥澀的砂紙，光碰到就疼痛。

我們不死心地還試，再試，難挨的乾剮讓我們冒出豆大的汗珠，白白流了更多的汗。我們的狼狽不再性感，我們的急切成了一種無用的愚蠢，不行，我們得分開，不行，我們必須換氣，我們要滅頂了，但怎麼辦，在所有其他事發生之前，我們還想做次愛啊。

車廂裡的色情狂

我因為不唸三民主義被老師叫到辦公室這已經是第五次了。我的三民主義考試從來不曾高於三十分，之前每次考試後主義老師就叫我去找她。主義老師是個名叫愛麗的小個兒中年貴婦。她總是叫我拉一把椅子在她辦公桌前坐著，然後用一種諄諄善誘的口吻指著桌上的三民主義課本說：「再怎麼說這兩本也值點分數嘛。」那樣子總讓我想起市場裡正在對抗殺價客人的舶來品店老闆娘。我會看著她點點頭，然後隔沒幾日又拉把椅子坐回她辦公桌面前。幾次下來她不再找我，我以為我已經將自己表達得很明白了，沒想到今天她還是叫了我去，這一次她大概覺得自己有很適當的理由，因為我連試都沒去考了。

我決定跟她自白。

「老師，我背不起來，我背起來就會吐，怎麼辦？」我說。

愛麗發出嗯哼一聲，「什麼？」

「我背起來就會吐……像昨天早上我背了那個『中國有一種極好的道德就是愛和平』那段，我背起來了，然後我就很想吐，我闔上書想再背一次，結果一開口就吐在課本封面上，吐完我什麼都忘了。」

我發誓我說的一切是實話。

「吃壞肚子嗎？」愛麗問。

不是！

她這麼說的時候我突然又想吐了，我敷衍地點點頭，衝到走廊底的廁所乾嘔起來，五分鐘後愛麗出現在廁所，她叫我回班上休息，沒有再提到主義考試或吃壞肚子之類的事。

放學後班導叫我去找她，班導叫楊美怡，約莫三十歲。她與其他老師比起來算是非常年輕，但已經染有那種五十歲公立高中教師的氣息，喜歡穿領口滾荷葉邊的中排釦絲質上衣。那種上衣容易讓胸罩呈現甜筒狀，每次都讓我想到八零年代的瑪丹娜，另外她還擁有幾件顏色詭異的長裙。

「三民主義老師跟我說了你的事了。」班導說：「你還好嗎？」

「比較好了。」

「還會想吐嗎？」

「現在不會。」

楊美怡定定地看著我的眼睛，過了一會兒她將視線移至她桌上的作業本堆，最上面是我們班的週記。

「如果你有什麼問題，」她頓了一下：「我是說，任何問題，都可以來找老師談。」

「沒有什麼是不能解決的事。」最後她又補上一句。

我馬上知道她在懷疑什麼，她以為我他媽的制服裙下正孵著一顆熱呼呼的蛋，那蛋搞得我每天照三餐嘔個不停，還得可憐兮兮地拿主義考試來做拙劣的幌子。

其實她們要那樣想也好，這樣就沒人真正在乎我的主義考試了。解決麻煩的方法之一就是讓人以為你還有更大的麻煩，而在我這個年紀一個女生在合理範圍內所能惹出的最大麻煩大概就是孵顆蛋了。

我走出導師辦公室，想像一個偷孵蛋的十六歲少女，這件事讓我心情好了一點，我開始想像如果我偷孵蛋那麼合夥人會是誰。

其實我是個處女，說來也許沒有人要相信。我長得還不算太差，皮膚也不錯，胸部不是頂大但也堅挺青春，腿也滿長，正處於不折不扣的十六歲，沒有處女情節，還交過幾個男朋友，但我就是個處女，我的意思是我從來不曾與人真正的性交，我指的處女就是這個，我也不知道為什麼我是，或是我為什麼必須解釋我是。這種事搞到最後就是我在精疲力竭不得其門而入之際還得對我的男朋友解釋為何我仍是個處女。「你這樣應該算技術型處女吧。」小民得意地說，好像會使用這個詞是什麼相當了不起的事。有些人就是這樣，老是以為講出一些行話別人就會多尊敬他一點。最好我還要眼睛睜老大問他「什麼是技術型處女啊」好滿足他的解惑欲。小民說完那句話後變成我前男友，我最恨這種說辭，好像我處心積慮想當個處女一樣，他也不想想我從頭到尾不擋不躲不裝死，這算哪門子技術？

老實說我一點都不想當處女，因為我對性那方面的事懂得實在是夠多了。我不是指我想學以致用或什麼的，世界上充滿了對性想學以致用的傢伙，我只是覺得解釋這件事麻煩得要命，尤其是在每一個人都認為你應該懂得很少的時候。

我不喜歡的科目很多，我喜歡的科目未必是我擅長的科目，反之亦然。比如說我喜歡歷史，但是我的歷史不好，所以歷史老師不喜歡我。我數學不錯，我不是說考試高分的那種不錯，而是我很輕易便能了解並舉一反三之類的不錯，但因為我非常討厭做作業，所以數學老師也不喜歡我。其他的也沒有什麼好說了，三民主義是這學期才出現的新科目，但我讀了幾章便了解我跟它完全沒有緣分，我指的是那口氣，「三民主義就是救國主義」——「就是」兩字在裡頭那麼好用，可是如果我對老師說「我就是唸不下去」，得到的下場一定是搬椅子去坐辦公室。

所以今天早上我的確缺考了，我跳上不太熟悉的公車，不知道自己要去哪裡，我不想去太遠的地方，因為我還想回學校去上晚一點的課。後來我發現我搭上了往台北車站的公車。在這個城市裡你得很小心才不會搭上往台北車站的公車。於是有那麼一下子我覺得很沮喪，因為我平常放了學就得往台北車站附近跑，結果現在還是朝那裡去。

早上八點的館前路很冷清，我的意思是，沒有學生。上班族倒是滿多。我國中時有一陣子一心一意想當個上班族，因為我覺得擁有一張被圍在三片三夾板裡的書桌是一件挺不賴的事。我媽說我從小就喜歡待在小不拉嘰的地方，我一點都不記得了，她還說小時候我的書桌底有一塊腳踏的空間，我老是窩在那兒看書不肯出來，以致於眼睛都給弄壞。我長大後那書桌讓媽送給了表妹，去年有一次我去姑姑家還鑽進書桌底想回味童年，但那空間實在是太小了。不過因此我發現桌底歪歪斜斜寫了個名字：陳微伊，陳微伊，陳、微、伊。

我叫陳言伊，沒有兄弟姊妹，誰是陳微伊？我問媽，媽說你以前叫陳微伊啊一直到六歲才改名為陳言伊。我問她為什麼我要改名？媽說因為你生病啊然後算命先生說不要用姊姊的名字……我說等一下什麼姊姊？媽說我第一胎生了個妹妹取名叫陳微伊，但因為晚產生下來不到四天就過去了，後來又生了你，就用同一個名字。

我真是太震驚了！這種事情我媽居然等到我十五歲時才告訴我，而且要不是因為我發現了寫在桌底的名字，我可能永遠都不會知道。但我媽就是這樣，什麼事情都嚇不了她，也沒有什麼事是大不了的。有時候我想念我那早夭的姊姊，如果她活著會是什麼情景？可以肯定的是如果有個姊姊我對童年的印象就會多一些，因為有人可以幫我一起記憶，也許我們會一起在書桌底下寫上我們的名字。

沒多久我就不想當上班族了，因為我發現把自己關在一個小空間裡這類的事情其實不必勞煩雇主的。

到了台北車站附近後，我走進公園路上的麥當勞，點了一杯咖啡。麥當勞裡有一些人，但似乎只有我一個人穿制服，我坐在二樓靠玻璃窗的兩人座位上，打開書包看了很久，抱著懷疑主義的精神拿出三民主義課本，才翻開折角的書頁我的嘴裡就嚐到一股酸味，讀了一行後我決定不要找自己麻煩。我將主義課本放進書包，拿出筆記本。

我隔壁的兩人座位上坐著一個穿著西裝襯衫的男人，看起來三十歲左右，也許更年輕，也許更老……我不知道，男人穿上西裝後看起來都至少三十。我在筆記本上寫下今天的日期，然後放下筆。

我有寫筆記的習慣，因為我的記憶力不好。我不是指背書或什麼的，雖然三民主義我一句也背不出來，但我不是那個意思。我是說，那些發生在我身上的事，發生的時候我總覺得好困惑、好有趣或是好離奇啊，然而沒多久我便忘得一乾二淨。不是忘記細節，是徹頭徹尾的不記得。諸如此類的事情實在是太多了，我常常得靠一起經歷事情的朋友或家人才能意外地回溯某些時光。後來我發現將事情寫下來也有相同的效果，便習慣將筆記本帶在身邊了。我的筆記本是學校的橫式作業簿，我寫了我的年級、班級，在姓名欄寫了「陳微伊」，我也說不上來為什麼我要那麼寫，大概是我不想丟掉那本筆記本，又不想讓人知道那是我的筆記本。

我知道穿著西裝襯衫的男人一直注意我和我的書包。我拿起筆在日期下面寫了「主義」，然後換了一行，寫了「嘔吐」，然後我用筆把「嘔」字裡所有的口都塗黑。我突然很想在筆記本上描述什麼，一件今天發生的事之類的，我開始有點期待他來對我說話了，我希望他不是他媽的百科全書推銷員。

沒多久男人跟我借筆，我從書包裡找了枝筆給他，然後我就背著書包進廁所去了。

等我回到座位後我的筆記本上躺了我的筆和一張紙片，男人寫了「謝謝」，然後在紙片上問我怎麼沒去上課。

我抬頭看他。

「不想去。」我說。

「中山女高是很好的學校。」他說。

「嗯。」

「為什麼不想去上課？」

我沒有回答他。

「生病嗎？」

我本來想搖頭，但是想了一想，「不知道。」我說。

「感冒嗎？」

「不……」

「我看到三民主義就想吐。」我說，說完才發現這句話怎麼聽都像在開玩笑。

男人並沒有笑，我覺得好過一點。

「滿慘的。」他說。

我看向他，我懷疑他說這句話時帶有多少同情的意思。至於他會使用

「滿慘的」這樣的形容我倒覺得非常新鮮，畢竟你不常聽見一個穿西裝襯衫的男人對一個高中女生說「滿慘的」。

「你有這樣過嗎？」我問他。

這時候那些自以為幽默的人就會說「我還看到學校就想吐咧」或「我看到三民主義老師才想吐」之類的話，然後那些自以為甜美的人就會笑起來，他們笑不是因為他們想笑，而是因為他們知道他們該笑了。

「你想聽個故事嗎？」男人說。

「什麼樣的故事？」

「也是滿慘的故事。」

「好啊。」

男人端著他的咖啡坐到我對面的位置。他說：「我有一個朋友啊……」

「一個大學同學，」他說：「他剛進大學的時候很瘋，到處玩，不睡覺，抽菸喝酒跳舞打牌，唱KTV，夜遊什麼的，反正你想得到的他大概都玩過，他有一大群各式各樣的朋友，每天晚上幾乎都有不同的節目。我們那個時候的瘋狂跟你們大概很不一樣，但我們都會覺得自己很瘋狂。」

我看著他。我從來不覺得自己瘋狂。我認為瘋狂首要遠離一切制度，比如說現在輟學去印度騎大象就可以算瘋狂。

「總之，大一過去了。升上大二開學沒多久，有一天，他在宿舍寢室裡突然感到無法忍受。」

他說到這裡停了幾秒。

「很可怕喔，這個句子到這裡就沒了，他不知道他到底無法忍受什麼，是室友放的唱片呢還是朋友的菸味呢？是走廊飲水機上排水孔上的泡麵嗎？還是公共電話前排得長長的隊伍？或是香香的女孩子？他不知道。但情況是，似乎是全世界都讓他無法忍受。那種無法忍受發作起來的時候，他就想砸爛所有他看到的東西。玩啊起鬨吼叫啊喝醉的時候會好一點，可是每一次醒來後他的狀況卻愈來愈糟。」

「他開始懷疑他受不了的事情背後有個共通的特質，為了找出源頭，他還做了許多無聊實驗，控制變因啊，操縱變因啊你知道那一類的。後來他漸漸發現他無法忍受的東西了。」

他喝了一口咖啡。

「你要不要猜猜看是什麼？」他問我。

「反正不會是三民主義。」我說。

「如果是三民主義就簡單多了。」他說：「是那些他認識的人。像過敏那樣，他發現他似乎對熟人過敏。大二快結束的某一天，所有人都在寢室裡K書準備期末考，房間裡很安靜，他突然喘不過氣來，室友急忙送他到醫院。」

說到這裡他又停了一下，「你有過敏嗎？」他問。

我搖搖頭。

「你如果過敏你就知道，比如說，不管你從小到大吃過多少花生米，當急診室醫生在某一刻像揭開謎底一樣宣告你對花生過敏時，你接下來的一輩子就和花生拜拜了。他被送到醫院後，醫生說他是心因性過度換氣症候群——」

「那是什麼？」我打斷他的話。

「找不出原因地無法正常呼吸，喘不過氣，莫名其妙就像剛跑完一百公尺那樣。」

「後來呢？」我問。

「後來他就搬離宿舍了，在外面一個人租房子住。他躲開以前的朋友，也盡量避免認識新的人，因為這樣至少他還可以跟他們站在同一個屋簷下。否則一旦和別人說話了，交換過去了，認識了，下次再看到那些人，他就要喘不過氣來。」他說。

我拿著筆慢慢地在「嘔吐」旁邊寫下「喘不過氣」四個字，然後用筆把「喘」字的口也塗黑。

「是滿慘的。」我說。

「我得走了。」我闔上筆記本。

「嗯，再見。」男人看著我的筆記本。

我在回學校的公車上看著路上飄過一個又一個的安全島，覺得男人說的故事就像那種「老王獨自在深夜遇到白衣女子，兩人共赴一夜雲雨然後老王就死了」的鬼故事。況且一個男人會在短短幾十分鐘內對我講了這麼個內剖且充滿暗喻的故事也令我感到非常超現實。好吧就算我對三民主義過敏好了，但是我總沒法像搬離宿舍那樣永遠翹掉主義考試啊。老實說，我對於譬喻這種東西相當反感，我認為大部分的譬喻只是一些譁眾取寵的傢伙自以為聰明的文字遊戲，例如人生就像一盒巧克力之類。（然後他們還故意安排一個低能兒來告訴你這件事，世界上還有更偽善的事嗎？）如果你仔細想想就會發現其實完全不通。比如說，不管你知不知道你拿到哪一種巧克力，巧克力畢竟還是巧克力啊！盒子裡會有狗屎嗎？不會。人生會遇到狗屎嗎？會！還會有嘔吐和心因性過度換氣症候群。

傍晚放學後我從導師辦公室走出來，再度搭上往台北車站的公車，李盈在補習班幫我占了位置，她是我高一同班同學，高二分班後我們仍一起去補習，她一看到我就問我今天為什麼留校。

「我早上沒去上課。」我說。

她睜大眼睛：「怎麼了？」

於是我把翹課及有關麥當勞穿西裝襯衫的男人和他說的故事告訴李盈，不過我跳過了主義與嘔吐的事。

「他多高？」她興奮地問。

有時候我對李盈真是非常無力，她聽到男的第一個問題就是多高，我敢打賭如果我跟她說我阿公今天要來台北玩，她一定第一個就問「那你阿公多高？」我的意思是，身高到底與整件事有何干係？尤其是在我表現出對西裝襯衫男人完全沒有任何幻想時。

「滿高的。」我故意亂說一通，我根本不知道那男的有多高。

「是喔。」她的眼睛亮起來。

「喂，」我喊她：「你覺得過敏男的故事怎麼樣？」

「那應該就是那男的他自己吧，還說什麼『我有一個朋友』，都嘛來這套。」

「是誰都無所謂啊，反正如果有一個人是這樣子，你覺得怎樣？」

「老實說，滿恐怖的。」李盈說：「沒有熟人的世界耶。好寂寞的樣子，要我我應該會崩潰吧。」

「不過如果是你你應該沒差吧。」末了李盈又補了一句。

我知道李盈的意思，她一直覺得我不需要任何人。她還願意與我為友大概是因為我可以回答她所有關於性的問題，而且她覺得我罵人還滿好笑的。

也許是李盈一副「反正你就是這樣」的臉，也許是補習班座位太擠，接下來我不知道是哪來的衝動，「我跟你說，」我附在李盈耳邊：「我懷孕了。」

「什麼？」

我並沒有再說一次，我知道她聽得一清二楚。我只是神祕地看著黑板微笑。

「喂！不要鬧啊！」

「沒有鬧。」

「真的嗎？」

我還是看著黑板，但這次我不笑了。

「跟誰？」

我還沒想到跟誰。

「是不是梁崇項？你們上次果然做了，你還騙我！」

梁崇項是我前前男友，如同我所有的其他戀情，我們在一起的時間非常短暫。分手之後他還是努力不懈地想與我維持某種特殊人與人關係。我其實不討厭他，因為他真是誠實得要命。前幾個禮拜某一天補完習我跟他兩個人弄了半打啤酒跑到中正紀念堂的階梯上喝，他對我說他已經不是處男了，他知道要怎麼做了，我們來做吧。那晚要不是因為我月經來，也許我們就會真的做了，但我月經來了，所以我們還是沒做。我的生活裡就充滿了這一類的事，總之最後我仍然不知道梁崇項說他不是處男是不是唬爛我的，好像我現在正在唬爛李盈一樣。
「你確定嗎？你怎麼知道的？」李盈問。
「驗的啊。」
「你有去看醫生嗎？」
「沒有。」
「人家說自己驗的不一定準，你要不要去看醫生？」
「你驗過喔。」
「哎喲！我說真的，你要去看醫生啦！」
「我想一想。」
「如果，」她噓聲說：「我是說如果——真的，真的懷了你會拿掉嗎？」
「我想一想。」

一個男生跟我們說借過，我和李盈同時將椅子拉前了一點。上課時間快到了，補習班人進進出出鬧哄哄的，我們就這樣貼著桌子坐著。

「哎喲！我好緊張喔！為什麼我比你還緊張啊！」李盈突然轉過來對我說。

「你沒唬我喔？」她又問。

這時候老師走了進來，我便名正言順地一直盯著黑板，不再回答她的問題。

隔天的早自習主義小考我再度缺席，我去了同一個地方，我只是想碰碰運氣。發現男人之後我直接走到他對面坐下來，他正在讀早報。

「嗨。」我說。

「嗨。」

「你記得我嗎？」

「記得。」

「你每天都來這邊嗎？」我問他。

「差不多。」

我不知道要說什麼了。我們就這樣沉默了一會兒。

「你今天早上又不想去上課嗎？」他問我。

「嗯。」

「三民主義課嗎？」

「小考。」

然後我們又沉默了。我看著他身後的玻璃窗，外面路口的號誌正由紅色轉成綠色。

「然後我跟同學說我懷孕了。」我說。

「那你懷孕了嗎？」

「沒有。」

「滿慘的。」

我不知道他是說我亂欺騙同學滿慘的，還是我沒有懷孕滿慘的。大概他口頭禪是「滿慘的」。

「你還有另一個滿慘的故事嗎？」我問。

「嗯……」

他將報紙折好放在咖啡色的餐盤上，這個動作大概花了他三百年，最後他說：「我有一個朋友……」

「一個高中同學，我剛認識他的時候，他是個滿有趣的人，他說話很有趣，是那種惡意的有趣，在朋友當中他是非常喜歡耍寶的人，他耍的寶也非常好笑，很壞，但是很好笑。」

這種敘述實在是太模糊了。

他繼續說：「我不知道——男生的友誼裡常常帶有一種競爭，比誰最噁心，比誰反應快，比誰對運動、電器或色情的事情知道最多，誰『外面』的朋友最多，誰聽過最多荒唐的事情或誰經歷過最多荒唐的事情，誰有新的笑話，誰記得最多笑話，誰能在最恰當的時機說笑話等等。我不知道你們比的是什麼，不過我們那時候在乎的就是這些。所以他總是贏，沒有人說但大家都知道他贏了，這是大家都知道的事。」

我想起班上的林欣璇，她也贏了，我的意思是，如果班上辦個投票她一定贏。她身高一七二體重五十，罩杯C，功課A，長得像林熙蕾，有個建中男朋友外型像吳彥祖。

不過她會不會講笑話我就不清楚了。

西裝襯衫男人頓了一下：「但其實他根本是一個病態的撒謊狂，他可以臉不紅氣不喘地用第一人稱描述聽來的或看來的故事。對他來說與朋友的交往像是一場賭局，他在氣勢口吻上下注，贏得別人對他說話內容的信任。在他的想法裡，那些故事的真假根本沒有人在乎，大家每天說話，交換語言，無非只是在無聊的高中生活裡求個開心而已。」

我喜歡「交換語言」這個說法，讓我想起「輪班」或「買賣」這樣冷冰冰硬邦邦的詞。我不知道在西裝襯衫男人高中的時候是怎麼樣，現在我們沒語言交換的話就說「是喔」——那真是我他媽聽過最貧乏的回答。我認識一票人口頭禪是「是喔」，那些人就算我跟他們說我懷孕了，他們也會對我說：「是喔。」

我自己也說「是喔」，有些人說話內容實在貧乏得只有「是喔」能回答。

「問題是，」西裝襯衫男人說：「他常常不記得他撒過什麼謊，而他的朋友記得。所以，好比說當他告訴朋友說他哥女朋友昨天約會一上車就往他哥手裡塞了件東西他哥一打開手掌發現是那女的的小內褲時，旁邊就會有人問：『喂，你不是說你哥前天才被他女友抓猴了嗎？』然後他就說：『啊……是嗎……對喔他們好像又合好了。』完全胡說八道就對了。大概就是這些虛虛實實的東西充滿了他的腦袋，最後他就怪怪的了。」

「怎麼怪？」

「他如果撒謊，就會去把謊言變成真的。比如說，他告訴朋友說他前幾天跟上次聯誼認識的女生去看MTV到三壘，說完他就會打電話給那女生約這個禮拜出去。」

「看MTV？」我問。

「對。」

「三疊怎麼辦？」我又問。

「硬上吧。」

「久了大家就發現這件事，」他說：「不過反正他說的最後都會變成真的，大家也就習慣了。」

「要是說到做不到呢？」

「嗯，」他說：「所以後來他的綽號變成天師，他說的笑話還是滿好笑的，因為他自己就是一個笑話。」

的確又是一個滿慘的故事。我站起來對西裝襯衫男人說：「我得走了。」

「嗯，再見。」

回學校的路上我想著「病態」這兩個字。我國中班上有個同學叫賴佩琪，她動不動就喜歡拿美工刀劃自己的手。她會把我拉到餐廳旁邊拉起袖子給我看那些亂七八糟像紅線淺淺縫過的手腕然後問：「變態吧？」而且一定要聽到我「嗯」一聲，她才會沾沾自喜地跑開。

我認識一些人真心喜歡別人罵他們「變態」、「瘋子」或「有病」，彷彿那是一種稱讚，像「聰明」、「機伶」或「特別」，那些把病態當作一種流行來追求的人，他們虛假得令我想哭，我更害怕自己變成這些人。

國中的時候，我每天搭公車上下學都無法停止幻想司機把公車開到人煙荒僻處，拿出手槍命令車上所有乘客就地配對交媾，誰不從司機就挨著板機食指一扣讓他腦袋開花。於是每天在車廂裡我環顧四周，腦子裡就充滿了坐在旁邊位置上的同校同學、前面的歐巴桑、站著的上班族、後面的禿頭大腹中年伯伯還有我自己，每個人哭哭啼啼地在荒郊野地跟陌生人做著愛的情景。我每天一進車廂就栽進散落黃土地上的制服碎花涼布上衣好年冬汗衫領帶和公事包裡，與綿嫩的黃色的衰老的蒼白的鬆垮的黑黝的緊實的興奮的恐懼的失措的顫抖的肉體捉對交纏，一、二、一、二──我的腦袋根本不受我控制。諸如此類的事情還有很多，有時候因為這些想法我不禁懷疑起自己來，但一想到賴佩琪我便覺得認為自己病態是件很愚蠢的事。

升上國三後有一天放學賴佩琪又神祕兮兮地把我拉到陶藝教室旁邊的樓梯間，那次她沒有秀出什麼傷口給我看，她直接從書包裡拿出美工刀要我幫她割腕。我甩開她的手，壓下罵她「神經病」或「你瘋啦」的衝動（我終於體悟到我和她對「神經病」這個詞的認知已經南轅北轍），頭也不回地走了，從那之後我再也不讓她拉我到任何隱蔽的地方。

中午下課李盈跑來我們班找我，她把我拉到排球場旁邊的樹下問我懷孕的事，今天她比較鎮靜了，可惜我還是沒有想出來是誰讓我懷孕的。

「我昨天問了梁崇項，他也說你們沒有做，那到底是誰啦！」

「你嘴巴很大耶。」我說。

「我沒有說你懷孕的事啊，我只是問他你們上次是不是做了？他說沒有啊。」

我想了想說：「好啦，我騙你的，我沒有懷孕啦。」

結果李盈再也不相信我了。

「不要鬧啦，告訴我是誰啦。」

「沒有誰啊。」

「誰啦！」

「就跟你說沒有啊。」

「不要鬧……」我們就這樣說了約莫十分鐘，李盈仍然非常堅持我肚子裡有顆蛋，好像那是她的蛋一樣。最後我說：「不相信我驗給你看好了。」

「好。」她說。

於是放學後我們跑到學校外面的便利商店買了最便宜的驗孕棒，付錢的時候櫃檯收銀的小姐居然看也不看我一眼，我還穿著制服哪。然後我們回到學校，跑進離校門口最近的逸仙樓一樓廁所裡，我拆開盒子拿出裡面的棒子，李盈一把搶走盒子。

「喂！」我說。

「幹嘛？」

「我要看說明啊。」

「你不是驗過？」她說。

「就跟你說我騙你的啊！」

她不甘願地把盒子還給我，但還是執意要我進去驗給她看。

「喂，上面說要早上起來第一泡尿才準。」

「管你的。」李盈說。她的臉上有種很憋的表情，結果她一說完我們兩個突然一起大笑，笑到眼淚都流出來。「驗啊你！」她一邊笑一邊把我推進第一間廁所然後把門拉上。

我背靠著門深吸一口氣：「驗就驗！」我對外面大叫。

我真的拉起裙子對著驗孕棒試紙端尿起來。那棒子實在是他媽的太細了，要尿得準真是非常困難。不過我覺得我做得還不錯，我握著一端沾滿尿液的驗孕棒走出廁所。「好了喔？」李盈問。

我像耍劍那樣拿著那棒子對她揮舞，她咯咯咯地笑著躲開，「你不是要看嗎？啊？」我說。

最後我們兩個在廁所裡等待那約莫三百年才完成的毛細現象，確定棒子窗口只出現一條紅線才把它丟在最裡面那間廁所的垃圾桶裡。

離開前我們在洗手檯洗手，班導楊美怡突然走進廁所，我才想起來國文科辦公室就在逸仙樓一樓。「老師好。」我說，然後就拉著李盈跑了。

五分鐘後我才又想起那該死的驗孕棒盒子應該還擺在廁所洗手檯的角落上。

「你幹嘛騙人啊？」去補習班的路上李盈問我。

「不知道。」我不專心地說。我一直想著驗孕棒盒子的事，楊美怡會看到嗎？如果看到的話她會再叫我去找她嗎？說不定她會直接找我媽，反正她有很多正當的理由——我早自習缺席、三民主義成績太差等等。

補習課間我跑到隔壁大樓的補習班裡找梁崇項，約他補完習在光南前面見，我有件事想問他。「我搞不懂你們兩個。」回來後李盈對我說。

「你要問他什麼？」她又問。

「問他要不要跟我生小孩。」我說。

「隨便你啦。」她說。

補習班下課後李盈跟洪詩傑一起搭公車回家了。我走到光南的時候梁崇項已經在那裡等我，「要去哪？」他問。

「隨便。」

最後我們在公園路旁選了兩台摩托車坐了上去。

「我有一個朋友……」我看著梁崇項，接著我對他說了孤獨過敏男的故事。

「好扯。」他說：「所以現在你這個朋友如果看到你就要送急診嗎？」

「對啊。」

「他現在已經沒有跟你聯絡了嗎？」

「對啊。」

「那你怎麼知道這件事的？」

「朋友的朋友傳的。」我亂說一通。

「你相信喔。」梁崇項看著我。然後他笑了。

我本來想跟他說三民主義與嘔吐的事，在這一刻我又突然不想說了。

「信啊。」我說。

「怎麼了？」

「沒有。」

「你不是說有事要問我？」

「對啊，你上次說你已經不是處男了是怎麼回事？」

「我說過嗎？那個啊，哈哈，」他不好意思地抓頭：「大概是我喝太多暈了唬爛的啦。」

我揍了他肩膀一拳。

「我跟你說，你現在跟我做我就不是處男了。」

他又開始了。

「誰理你。」我滑下摩托車。

回家的時候我暗自決定明天一早絕對不翹早自習，不是因為我覺得我該去學校考主義小考，而是因為我覺得如果我再去麥當勞，再遇到西裝襯衫男人，讓他再跟我講個世界上除了我之外沒有人會相信的悲慘故事，這一切就太他媽的村上春樹了。

結果兩天後村上春樹傳紙條來。

有人拿一張給「二年禮班陳微伊」的便條紙找來我們班上，「陳——微——伊——」張容嘉大喊：「我們班沒有陳微伊喔，我們只有陳言伊……」

我走到後門接過紙條，「一個男的在校門口拜託我拿進來的。」那個學妹說。紙條上面只有一行字：「你好，放學後可以來麥當勞一下嗎？」

可能因為紙條上只有一行字，或是某種我也不知道的原因，反正我去了。我到麥當勞的時候天色已暗，這是我第一次在晚間看到西裝襯衫男人，他不穿西裝襯衫了，換了牛仔褲，突然變得年輕許多，晚上他看起來跟早上不太一樣。

「你昨天去考三民主義了？」他問我。

「對啊。」

「還會想吐嗎？」

我搖頭：「我沒唸。」

「假裝懷孕的事解決了嗎？」

「嗯，算吧。」

「那——」

「你怎麼會知道我的名字跟班級？」

「我那天看到你放在桌上那本學校作業簿。」

「喔。」

「你等一下有事嗎？」

「我要補習。」

「可以不要去嗎？」

「為什麼？」

「我們出去走一走。」

我知道他哪裡看起來不太一樣了！他多了一種色情的味道，他現在全身上下從頭到腳都散發出一種色情的味道！

我不相信直覺，也不相信自己感到害怕，所以我坐上他的車，他什麼也沒說，我也沒問。我知道我們正往淡水的方向駛去，在車上我腦子裡充滿了各式各樣可能發生的事情，我無法克制地想像最匪夷所思的狀況。

經過淡水鬧區後我們又開了一會兒，最後他將車子停在一塊可以俯瞰河水的坡地上，熄了火。車廂裡映照銀光，遠方的路燈、店家與河兩頰的輪廓在擋風玻璃窗上閃閃發亮。

「把衣服脫掉。」他說。

那聲音在靜寂的空間裡彷彿永恆。

雖然十分鐘前我腦中才幻想過類似甚至更駭人聽聞的事，但事情真正發生時卻完全不一樣。我不喜歡感到害怕，但是我確實感到害怕了。我看著擋風玻璃，身體一動也不動，我知道門是鎖著的。

「不要逼我。」他說。

我僵硬地開始動手脫外套，我看著他接過我的外套放進車子後座，然後我慢慢解開我制服襯衫的鈕釦。密閉的車廂裡我聞到一種厭厭的、甜膩的氣息，是他的呼吸嗎？還是我的味道——至今媽媽仍然喜歡說我身上有一種嬰孩的乳香，只是此刻前座上瀰漫的甜味卻讓我感到無比羞恥，我的身體太乾淨了，乾淨到讓我想跳進兩百公尺外的河堤沼澤裡。

我的指尖有點顫抖，我看到鈕釦縫隙裡自己的白色胸罩——剎那間我從來沒有像現在這樣痛恨白色與胸罩，我感到既屈辱又憤怒，不是因為曝露，而是因為現實無預警地朝我迎面痛擊：現實是，我毫無準備就滿足了某種期待；現實是，消極完全不足以為反叛；現實是，誰在乎我腦袋裡到底裝了什麼亂七八糟的東西！解開所有鈕釦之後我突然不知道下一個動作應該是什麼，「這樣就好，」他說：「面對我。」

我轉身向他，他猛一伸手把我的胸罩往上拉，我反射地往後退，冰冷的玻璃窗壓上我的後腦杓與背脊，我聽見自己身上某個地方發出像小雞一樣地「啾」一聲，也許是我吸氣的聲音，然後我的乳房就整個露出來了。我的胸罩卡在我的鎖骨及擠著的胸部中間，像一條他媽的巨大蝴蝶結。

我有點想哭，但是我沒有，我不知道接下來會發生什麼事。

接下來，他拉開自己的拉鍊，掏出他的陰莖開始安靜認真地自慰。他喃喃地發出一些聲音，過了一會兒我才聽出來他說的是「陳微伊……喔……微伊……陳微伊……」，也許是因為驚嚇，我愣了幾秒鐘才想起誰是陳微伊。就這樣，他自始至終沒看我的眼睛，他搓弄自己的陰莖過了非常久的時間，在這段時間裡我彷彿記起了一些遙遠古老的事情，那就像是某個幽微暗滅的點與半個地球外淡水河邊車廂裡的我之間一條荒蕪跡滅的路突然隨著他的手上上下下被窣窣窣打通了似的。

「我小時候看過紫色，」我不可置信地脫口而出：「透明的，一大片，像果凍的紫色，很漂亮……」

他沒有理會我。他的呼吸愈來愈厚重，口中的「陳微伊」三字愈來愈模糊，我仍舊不知道接下來會發生什麼事，狹小空間裡他喃喃的聲音讓我感到暈眩，甚至睏了。突然他激動無法自制，顫聲喊了另一個名字，或聽起來像名字，像「徐瑞達」或「徐立達」還是什麼，變化如偷襲一閃神就撲來，我來不及聽清楚，我遠遠告訴腦脹睏極的自己：現在就算面前這人要噴出紫色透明的東西你也不驚訝了。

怎麼昨日並生假真。

我睜開眼睛看見他的眼神正移開。他在駕駛座上按開了車門鎖。我拿起外套和書包打開車門，他低頭看著自己雙手，好像想說什麼。關上車門，我發現自己站在淡水馬偕醫院的停車場。

媽在晚上九點半趕到，我在急診室外的椅子上跟她說了我記得的事，包括三民主義、嘔吐、驗孕、翹課、男人還有今晚在淡水發生的一切。

媽皺著眉頭不發一語。

急診室內人進進出出，媽緊緊握著我的手。「媽，」我喊她。

「你說我小時候生病所以才改名，六歲的時候，」我問：「我生了什麼病？」

媽想了一下，好像在思考最合適的字眼，最後她說：「你被壞人欺負了。」

媽說得很含蓄，卻很明白。

但是她弄錯了，生病的不是我。

我在醫院做了檢驗也留了紀錄，護士說我是緊張造成昏倒。我問護士什麼是「心因性過度換氣症候群」，她說：「那個啊，我們每個禮拜都送來好幾個。」

備案的時候警察問我那男人叫什麼名字，我搖搖頭。後來我說「徐瑞達」，過了幾秒後我說：「或徐立達，」頓了一下我又說：「或都不是。」警察搖搖頭：「連名字都不知道就跟人家上車了，現在的年輕人喔……」

現在年輕人都不止有一個名字，他們什麼時候才要面對這件事？

「三民主義不想背就不要背吧，」媽說：「才兩本能值多少分？」

答案是三十分，這是對我而言。

回家的路上我心中仍然充滿了憤怒與害怕。那些幕覆的巨大情緒，我想像夜色中我與媽媽的車如小小的流星劃過公路，偶爾我也得以躲進車廂般一閃即逝的想法裡：也許我應該把所有事情記在筆記本上，也許寫在今天的日期下面，也許換一本寫。但也許我已經開始遺忘，記得的早就不是事情的全貌，也許連二分之一都不到了。

後記

「口吃是我們為了想避免口吃所做的一切努力。」——語言病理學家及口吃者查爾斯・凡・賴波（Charles Van Riper, 1905-1994）。

我二十一歲左右日子有了一些變化，遂開始寫千字上下的短篇小說，旨在發洩及消遣。隨後漸漸發現「描述」一事本身有其趣味。

這本書收錄的十三篇小說皆完成於一九九九年到二〇〇四年間。這幾篇小說寫成通常是先選擇幾個具像的事件或影像，然後再選擇方式及口吻來創作。寫完後我會重複閱讀幾遍，從自己小說裡讀出什麼來的過程幫忙我句讀一些看見的生活。

偶爾我將小說拿給朋友，換來一些可愛的抒發，其中我最害怕的莫過於問題：「這篇小說想要說的是不是……」情況是，寫一篇小說的過程讓我覺得曖昧，有時視當下的舉止為精巧細微的暗示（也許只是一聲嘆息），並依此決定下一個動作下一句話。每一個標點成一個招架，小說常常走進我意想不到的處境裡。猶豫還不只如此，一來寫這幾篇小說多半始於欲描述一些事物（並非一則小說沒有其「想要說的」——誠如看法無所謂「全然客觀並絕對中立」），二是我不知道問者願不願意保有這樣的開放性：肇因我寫讀小說的方法順序，他將得到的回答（如果我忍不住參與了討論）有可能是種讀者意見，而非全知色彩濃厚的作者意見。

除了「描述」一事本身有趣味外，語言作為寫作者觀察媒介與觀察對象，前者予我極大的自由，後者令我著迷——尤其是口語。舉個例說：仔細一聽人間對話其實干擾斷裂，非關口才我們都像個不自知的結巴者。語言學花了好長一段傳統在研究虛構的完整的合文法的句子，一直到近代我們才對每天真正從人嘴裡吐出的對話感興趣，赫然發現破碎為本質。由是小說對話或敘事若欲成口語的再擬，很可能從第一個流暢的句子開始便脫離現實。我們可以把這件事看作一個隱喻：為什麼一個流暢的句子會如此誘人？

我小說讀得有限，幾篇印象深刻的小說讓我了解小說家的幽默、敦厚、狡猾與老練可以超越小說調性，寫小說能讓人不覺說教，不覺自我表現（當然實情只有小說家自己知道）卻又讓人有所感動。透過他們的眼睛我明白小說家總得讓他看高興寫什麼寫什麼，東西才能真懇，然而「到底看到什麼才會高興寫？」變成最惱人的問題，要如何不討厭自己的作品，便是這樣一路走來。

新版之後

《不吠》初版印於二〇〇五年三月。今日重新出版，文句無更動，唯小說排序編輯小有調整。成書有兩處改變：一是將小說裡的台語修訂為臺灣台語常用字，並在我認為需要的地方標注對應的華語譯文。二是新增小說〈我們流汗〉，這篇小說寫於二〇〇一年，與書裡收錄短篇屬同一時期（一九九九－二〇〇四）作品。

謝謝自轉星球社長俊隆、編輯彥如與美術設計佳璘，能與強大團隊合作是我的幸運。謝謝這本書的初版編輯，詩人林婉瑜在起點的信任。

永遠謝謝我的家人與朋友。

不吠

BackLit | 02

作者 —— 李佳穎

發行人、總編輯 — 黃俊隆
編輯 —— 施彥如
裝幀設計 —— 吳佳璘
台文審訂 —— 蔡惠名
校對 —— 李佳穎、黃俊隆、施彥如

出版者 —— 自轉星球文化創意事業有限公司
台北市文山區木柵路四段147-1號6樓
T. 02-87321629 ｜ M. rstarbook@gmail.com
發行統籌 —— 華品文創出版股份有限公司 ｜ T. 02-23317103
總經銷 —— 大和書報圖書股份有限公司 ｜ T. 02-89902588
印刷 —— 沐春行銷創意有限公司 ｜ T. 02-22226570
法律顧問 —— 益思科技法律事務所 ｜ T. 02-27723152

ISBN —— 978-626-99737-0-5
初版一刷 —— 2025年6月
定價 —— 380元

不吠 / 李佳穎文字 —初版．— 臺北市：自轉星球，2025.6．面；13×19 公分
（BackLit ; 02）ISBN 978-626-99737-0-5（平裝）　863.57……………114006289